中华先锋人物
故事汇

孔繁森

高原上的红柳树

KONG FANSEN
GAOYUAN SHANG DE HONGLIUSHU

张吉宙 著

图书在版编目（CIP）数据

孔繁森：高原上的红柳树/张吉宙著.—北京：党建读物出版社；南宁：接力出版社，2019.4

（中华人物故事汇.中华先锋人物故事汇）

ISBN 978-7-5099-1077-1

Ⅰ.①孔… Ⅱ.①张… Ⅲ.①传记小说－中国－当代 Ⅳ.①I247.5

中国版本图书馆CIP数据核字(2018)第276576号

孔繁森——高原上的红柳树
张吉宙　著

责任编辑：	胡庆嘉　李文雅　孔　倩		
责任校对：	刘会乔　贾玲云　王　静		
装帧设计：	严　冬　许继云	美术编辑：	高春雷
出版发行：	党建读物出版社　接力出版社		
地　　址：	北京市西城区西长安街80号东楼（邮编：100815）		
	广西南宁市园湖南路9号（邮编：530022）		
网　　址：	http://www.djcb71.com　　http://www.jielibj.com		
电　　话：	010-65547970/7621		
经　　销：	新华书店		
印　　刷：	保定市中画美凯印刷有限公司		

2019年4月第1版　　2023年5月第11次印刷
787毫米×1092毫米　32开本　　5.125印张　　80千字
印数：102 001—107 000册　　定价：20.00元

版权所有　侵权必究

质量服务承诺：如发现缺页、错页、倒装等印装质量问题，可直接向本社调换。
服务电话：010-65545440

目录

写给小读者的话 ……………… 1

风雪中的少年 ……………… 1
故事里的人 ………………… 7
车站,有一个高大的身影 …… 15
日月山 ……………………… 23
离太阳最近的人 …………… 31
小药箱 ……………………… 37
爸爸又走了 ………………… 47
春天来了 …………………… 57
山东大个子 ………………… 65
卖血的爷爷 ………………… 73
天外来客 …………………… 83

红柳树·········89

心里住着孩子·········97

世界上最美丽的地方·········107

藏族朋友·········115

警卫员和通信员·········121

一起下乡·········127

一个月零四天·········137

遗物·········145

写给小读者的话

亲爱的小读者,在中国辽阔的版图上,有一片神奇的疆域,那就是西藏自治区,是中国五个少数民族自治区之一。这里又被称为青藏高原,平均海拔四千米以上,素有"世界屋脊"之称。

为了使这片土地变得更加美丽,有一个叫孔繁森的人,远离家乡,两次援藏。

为了帮助贫困老人过冬,他脱下自己身上的棉衣;

为了救助孤儿,他三次去医院卖血;

为了给牧民看病送药,他天天背着一个小药箱下乡;

为了看望山区的孩子,他忍受着缺氧的折磨,翻过一道道山岭……

  他曾任中国共产党阿里地区委员会的书记,殉职后,"遗产"只有八元六角钱。他究竟是一个怎样的人呢?打开这本书,你会听到,雅鲁藏布江畔传来他的脚步声;你会看到,青藏高原上闪现他高大的身影……

风雪中的少年

鲁西平原上,距离聊城市二十公里处,京杭大运河畔,有一个小村庄,名叫五里墩。全村一百多户人家,六百余人口,都姓孔,是孔子的后裔。一九四四年七月,孔繁森出生在这里。

孔繁森的父母都是农民,父亲常年多病,无钱医治,干不了重活。家庭的重担全部落在母亲一个人身上。

那个年代,家家户户都很穷,人们经常填不饱肚子。孔繁森家的日子更不好过,他还有两个哥哥,两个姐姐,年龄都不大,帮不了家里什么忙。一家七口人,光吃饭就成了问题。

孔繁森刚上小学那年的春天,青黄不接,家里的粮食不够吃了,母亲每天到田野去挖野菜,做成菜团子,全家人靠着菜团子勉强度日。可是,即便是菜团子也不够吃的,母亲担心孔繁森吃不饱影响念书,每次吃饭时,自己都少吃几个,省出菜团子留给孔繁森吃。

每次,孔繁森都拍拍肚皮说:"娘,我吃饱了,你们吃吧!"

其实,他不过才吃个半饱。有一天早晨,孔繁森背着书包去上学,刚走出家门,觉得书包沉甸甸的,打开一看,里面装了几个菜团子。他知道,这是娘悄悄地给他放进去的,怕他上学饿着。

孔繁森心想,家里没有一个人能吃饱,再说供他念书已经不容易了,应该将菜团子放回去,让父母和哥哥、姐姐们吃。

于是,他反身回去,趁娘不注意,把菜团子都放下了,并且,他在心里发誓:娘,我长大了一定要给您端一碗肉。

放学回家,孔繁森放下书包就去田野挖野菜。挖野菜的人很多,但都是大人,只有他一个孩子。

有人问他:"繁森,你这么小就出来挖野菜?

这种事不是你干的。"

孔繁森说:"我要帮家里人多挖点野菜,这样才能都吃饱。"

有人跟他开玩笑:"繁森,你又聪明又能干,有啥办法能让大家伙儿都吃饱饭啊?"

孔繁森望着辽阔的田野,想了想说:"我要努力学习,等我长大了,一定想办法让大家过上好日子。"

"行啊!繁森,从小就有远大的志向,希望你长大了,能当个大官,替咱们老百姓多干点事。哈哈!"

"我一定会的!"

别看孔繁森年龄还小,但他聪明懂事,乐于助人。人们都夸他是个好孩子,长大了一定有出息。

一个冬天的早晨,大雪纷飞。

孔繁森背着书包去上学。学校在邻村,要走一段长长的路。这是一条土路,弯弯曲曲,坑坑洼洼,铺了一层厚厚的雪,走上去软绵绵的,嘎吱嘎吱响,一不小心,就会摔倒。孔繁森对这条路太熟悉了,每天上学放学,不知走过多少遍,闭上眼睛都能轻松自如地行走。他不时团一个雪球，扔向远处。

西北风吹乱了雪花，没头没脑地扑打在他的身上，不等抖搂，雪花又围了上来，一簇簇，一片片，像成心捣乱似的，飞舞着，旋转着，挡住他的视线。极目远眺，路上没有行人，四周静悄悄的，雪落无声，天地间一片苍茫。一瞬间，他竟感到有些孤单，希望能看到几个同学，可是除了雪，以及被雪紧紧包裹的树木、田野和村庄，他什么也看不见。

孔繁森停下脚步，往西看去，离他五百米远的地方有一条大河——京杭大运河。虽然看不到它的面目，但他能想象得出，大雪铺满大河的壮观与美丽。他很喜欢这条大河，夏天的时候，他和小伙伴们经常到河边玩耍，挽起裤腿下河摸小鱼小虾。大河往前奔流，他们沿着河堤往前奔跑，伴着跳跃的浪花，留下阵阵欢笑。

孔繁森收回目光，迈步往前走，刚拐过一个路口，抬头一看，前方隐隐约约出现一个踉跄的身影。孔繁森心里一动，这是他在风雪中看到的第一个身影，熟悉而陌生。突然，扑通一声，那人摔倒了。紧接着，哗啦一声，什么东西被打破了。孔繁

风雪中的少年

森急忙跑过去，只见一位老奶奶倒在雪地上，手中提的水罐摔得稀烂，一地残片。孔繁森认出来了，那是村里的一位孤寡老人，每天都到村外打水。

"老奶奶，下这么大雪，您还出来打水呀？摔坏了怎么办呀？"孔繁森一边说一边把她扶起来，"我送您回家吧！"

老奶奶呻吟着，摆了摆手，又往前指了指，意思是：不用管我，快上学去吧！孔繁森见她无法站立，一脸痛苦的表情，知道她摔得很重。

"走，我扶您到医院检查一下。"

"好孩子，别耽误你上学。"

"您身体要紧。我们快去医院吧！"

孔繁森搀扶着老奶奶，顶风冒雪，走向堂邑镇的医院。他们走得很慢很慢，雪下得很大很大。

当他回到学校的时候，上课铃早已响过，他第一次迟到了，但他并不后悔，望着窗外的风雪，心里做了一个决定。

从此，每天放学后，孔繁森就去帮老奶奶打水……

故事里的人

离五里墩不远的地方,有一座文庙,是旧时祭祀孔子的场所。庙中建有乡贤祠、名宦祠,都是为纪念名人先贤而设立的祠堂。文庙的院子正中有一个半圆形的池子,人称泮池,上面的桥叫状元桥。泮池旁边有一棵高大的柏树,苍劲挺拔,树冠如盖。

小时候,孔繁森最喜欢去两个地方玩,一个地方是京杭大运河,另一个地方是文庙。文庙最吸引他的地方是状元桥和大柏树,他有时候和小伙伴一起来,有时候独自来。每当家里人或小伙伴们找不到他的时候,就先到文庙找他。文庙很大,是一座古建筑群。去哪儿找他呢?当然是状元桥上,或者大柏树下面，他必定在其中一个地方活动。这两个地方就像一块巨大的磁铁，深深地吸引了他。

状元桥上或大柏树下面，常常有一些老人给孩子们讲故事。孔繁森从小就喜欢听故事，而且特别喜欢听历史故事，他崇拜英雄人物和刚正不阿的清官。和他一起玩耍的小伙伴都不知道，他心里有一个秘密，藏着很多人，这些人都是他的偶像——包公、海瑞、狄仁杰……

孔繁森最喜欢一个善讲历史名人故事的老大爷，只要他的身影出现在状元桥上，孔繁森就会赶到他身边，安安静静地听他讲故事，常常听得入了迷，思绪已穿越了历史时空。别人叫他都听不见，泮池里的蛙声似乎也离他很远。

孔繁森善学好问，他不光听故事，还喜欢问一些问题。第一次听包公的故事时，他忍不住问讲故事的老大爷："为什么包公能做个清官呀？"

老大爷说："因为他心里装着老百姓，从不贪赃枉法，只有这样的人才是个清官。"

孔繁森若有所思地说："我懂了，当官的人心里一定要装着老百姓。"

老大爷赞许地点点头。忽然,孔繁森对老大爷说:"我也给您讲个故事吧!"

老大爷很诧异:"你小小年纪,也会讲故事?"

孔繁森自豪地说:"那当然啦!"

于是,孔繁森给老大爷讲了朱德的故事。这是他学过的一篇课文——《朱德的扁担》。这篇课文给他留下了很深的印象,朱德的形象一直挺立在他心中。

老大爷听了孔繁森讲的故事,直跷大拇指:"讲得好!朱德当时是中国工农红军的总司令员,在艰苦的环境下,能够和战士们同甘共苦,确实值得敬仰。"

孔繁森说:"朱德说过,他是人民的子弟兵。他心里一直装着战士、装着人民,所以我想成为朱德那样的人,无论在什么时候,都要做一个好人,做人民的子弟兵。"

老大爷说:"希望你长大后,成为故事里的人。"

孔繁森坚定地点了点头。

老大爷来了兴致,说:"以后咱俩交换故事吧,我给你讲故事，你也给我讲故事。哈哈！"

孔繁森说："好啊！我不光给您讲故事，还要给小伙伴们讲。"

从此，孔繁森养成一个习惯，他把从大人那里听到的故事，再讲给小伙伴们听。

有一天，他听了一个关于武训的故事。武训是当地的一个名人，二十一岁那年，开始实施他的"伟大计划"。为了兴办义学，教育穷家子弟，他到各地去行乞集资，几年下来，足迹遍布山东、河北、河南、江苏等地。最终，武训创办了几所义塾，他被称为益民教育家，成为中国历史上唯一以乞丐身份被载入正史的人，被誉为"千古奇丐"。他的行为深受后世的赞扬，同样，也对孔繁森产生了很大的影响。武训的故事告诉孔繁森，要为老百姓办实事，办好事，做一个有作为的人。

武训的故事，在孔繁森的心里扎下了根，他经常讲给小伙伴们听。一般情况下，孔繁森在文庙听故事，到京杭大运河讲故事。

京杭大运河是世界上里程最长、工程最大的古代运河，这条古老的大河，一路奔腾，从五里墩村旁流过，带给童年的孔繁森无尽的欢乐。一年四季，无论在青青的河畔，还是冰封的河面，都留下了他童年的足迹，欢快的笑声，有趣的故事。

有一次，在一堂劳动课上，孔繁森带领几个同学去大运河边割猪草。大运河河堤两侧，水草丰茂。同学们分成几组，一边割猪草，一边欣赏大运河的风光，无比惬意。不过，可不能贪玩，哪个小组先割完猪草，即每人都割满篓子，就可以放学回家。孔繁森是小组长，他带领大家迅速奔向大堤，找到一处割猪草的好地方。平时，除了在这里玩耍，他经常帮家里割猪草，因此，哪里猪草最多，他心里最清楚。

他对同学们说："大家快点割，我们小组争取拿个第一。"

同学们都很有信心，事实证明，在多次劳动课上，孔繁森带领的小组无论干什么，都会赶在别的小组前面，经常受到老师的表扬。大家一致认为这次也不例外。可是，意想不到的事情发生了，其他小组进度很快，有的快完成任务了，而他们小组还有两位同学割得很慢，半天才割了半篓子。其中有一个同学，干起活来手脚很麻利，但性子比较急，他割的猪草装满了篓子，便不停地嘟囔："干活不能快点？净拖别人后腿。"不停地催促割得慢的两位同学。

孔繁森听见了，走过来对他说："别说了，咱们应该帮帮他俩。"

接着，孔繁森弯下腰，帮那两名同学割猪草。他也刚刚割满了一篓子猪草，还没顾上喘口气呢！

那名同学挠了挠头，冲孔繁森嘿嘿一笑："我心里着急，怕被别的小组落下，这才……"

孔繁森也笑了："我比你还着急呢！这不，赶快割满篓子，过来帮帮他俩。咱们是一个小组，就得互相帮助。"

他刚说完，那名同学已手握镰刀，快速地割起猪草来。其他同学也都围了过来，大家一齐动手，帮助那两名割得慢的同学，他们小组很快完成了任务。

休息期间，孔繁森召集大家坐在河堤上，面向大运河，讲起了故事。其他小组的同学纷纷围了上来，孔繁森讲得声情并茂，连大运河都在静静地倾听。

多少年后，孔繁森把所有的故事带到了他热爱的青藏高原。

车站，有一个高大的身影

孔繁森长大后，在部队当兵。有一年的冬天，滴水成冰，寒冷异常。一天早晨，孔繁森到济南长途汽车站送人。在候车室里，他看到一个小男孩站在墙角，似乎在等什么人。小男孩衣着单薄，双臂抱在胸前，小脸冻得发青，浑身发抖，样子很可怜。孔繁森心想：这是谁家的孩子？穿得这么少，冻坏了怎么办？

他急忙走过去，心疼地摸了摸小男孩的头，关切地问："你家大人呢？"

小男孩怯怯地望着他，冻得上牙打下牙，根本说不出话来。孔繁森叹了一口气，刚想离开，转念一想：不行，不能眼睁睁地看他挨冻。于是，他迅速将身上的毛衣脱下来，套在孩子的身上。这是他唯一一件毛衣。

孔繁森像了了一桩心事，长吁一口气，转身往外走，这时身后传来一个声音："解放军同志，请您等一等。"

孔繁森回头一看，一个枯瘦的中年妇女出现在眼前，她头发散乱，身上的衣服又脏又破，脚上那双单布鞋，更是破得不像样子，甚至露出了脚趾。她拖带着三个孩子，个个面黄肌瘦，穿着单薄的衣服，脏兮兮的。中年妇女抹着眼泪，将站在墙角的小男孩领到孔繁森面前，感激地说："这个也是我的孩子，您刚才把毛衣给他穿上了，真是个好心人，可这么冷的天，别把您冻坏啊！"

孔繁森说："我不要紧，别冻坏孩子。"

中年妇女连声称谢。孔繁森又说："您一定要照顾好孩子们啊，他们都太小了，可别冻坏了。"

中年妇女低下头去，把孩子们拢在身边，掩面而泣。孔繁森看出她有难处，便问她："大嫂，您要到哪里去？有什么困难吗？"

中年妇女抹了抹眼泪说："我从河南来，家里生活困难，寻思着带四个孩子到东北投亲，谁料想包袱在车站被人偷走了，呜呜……"她边哭边说，"路费和干粮都在包袱里，呜呜……实在没有办法，只好带孩子们在车站讨饭吃，都快一个月了，想回家都没有路费……"

中年妇女泣不成声，说不下去了。四个孩子也眼泪汪汪地依偎在她身边。孔繁森一阵心酸，对中年妇女说："大嫂，您别担心，在这里等我一会儿。"

他快步走向售票处，为他们买了回家的车票，又到商店买了一些食品，交到中年妇女的手中说："快领着孩子们回家吧！"

中年妇女感动得不知说什么才好，她拉着四个孩子就要下跪，孔繁森扶住她说："别这样，赶快上车吧！"

中年妇女刚要询问他的姓名，孔繁森已转身离去，身影消失在人流中。

中年妇女对孩子们说："记住这位解放军叔叔，他是咱们的恩人。"

一段时间后，孔繁森迎来了半个月的探亲假，他兴冲冲地来到长途汽车站,准备乘坐汽车回堂邑老家,这是他入伍以来第一次探亲。当他走进候车室的时候,发现一位老大爷病倒在座椅上,脸色苍白,不停地呻吟,身边没有人照顾。

孔繁森走过去问:"大爷,您哪里不舒服?需要我帮忙吗?"

老大爷病得很重,说话都很困难,他断断续续地告诉孔繁森,他是汶上县人,准备乘车回去,没想到病倒了。孔繁森听后,担心老大爷的安危,决定亲自护送老大爷回家。他立刻到售票处,将回堂邑的车票改换成去汶上县的车票,并把老大爷背上车,一路上细心照料。

透过车窗,他看到绿色的原野,葱茏的树木,炊烟袅袅的村庄,思乡之情更浓了。奔流不息的大运河,民风淳朴的五里墩,他小时候挖过野菜的田野,割过猪草的河堤,听过故事的状元桥,无不让他魂牵梦萦。他多么想早一点儿回到故乡,见到日思夜想的亲人。

孔繁森将老大爷送回家之后,本想抓紧时间买车票赶回堂邑,但是他又犹豫了,因为他发现老大爷孤身一人,身边没有一个亲人,生病期间,少不了求医问药,生活上需要有人照顾。虽然孔繁森思乡心切,但他放心不下老大爷,毅然留下来照顾他。

整整半个月,老大爷的病终于好了,孔繁森的探亲假也结束了,他往老家的方向深情地望了一眼,直接从汶上县回到部队。

车站的故事并未结束,孔繁森从部队复员以后,有一段时间,担任中共聊城地委宣传部副部长。一年冬天,快过年了,他准备回老家看望家人。正赶上春运,聊城汽车站人流如潮,孔繁森和其他旅客一样排队买票。车票很紧张,有时候排了半天队,也不一定能买到当天的车票。因此,许多旅客滞留在车站,焦虑不安。谁不想早点回家过年?排在孔繁森前面的人议论纷纷,一个个急得抓耳挠腮,抻长脖子,往售票口方向张望,生怕还没轮到自己,车票就售完了。

这时,车站的一位工作人员,名叫李保林,看见了孔繁森,不由得心里一愣,孔部长怎么还排队买票?便急忙走到他身边,说:"孔部长,您还用排队买票吗?"

孔繁森也一愣:"我怎么就不能排队买票了?"

"您是领导啊!"

"谁说当领导就不能排队买票了?再说了,我现在也是一名旅客,应该自觉排队买票。"

"可是……春运期间,车票很紧张……我跟售票员说一声吧,给您留出一张票。"

"那可不行,在车站无论是谁买票,都得自觉排队。我不是说了吗?在这里,我就是一名普通的旅客。"

孔繁森坚决不滥用手中的权力,坚持自己排队买票。他排了很长时间的队,终于买到一张车票。运气还不错!他在心里喜滋滋地说。

因为工作忙,他很久没有回家了。一想到年迈的母亲,年幼的孩子,操劳的妻子,孔繁森归心似箭。上了汽车,他盼望车开得快一点儿,载他早点回家。可是,汽车刚要启动,他听到车外传来一阵哭声。原来,一位老大娘准备乘车赶往邯郸看望在那里工作的儿子,但她不小心把票弄丢了,再买票只能买到明天的票了,她想挤上车再补票,可这辆车已经坐满了乘客，不能超载。她上不了车，急得直哭。这趟车的终点站是邯郸，途经孔繁森的老家堂邑。孔繁森一想，便跟随车的售票员商量，自己下车，让老大娘上车，并掏钱给她补足了车票。

孔繁森还没走出车站，又碰上了李保林。"孔部长，您怎么还没走呢？不是买到票了吗？"李保林问。

孔繁森笑了笑，把刚才的事跟他说了。

"那怎么行？您都一年没回家了，大过年的，能早回去一天是一天啊！多跟家人团聚。"李保林说。

"没关系，我等一天吧。"孔繁森说。但他的心头早已涌现出这样一幅画面：一家人，在老母亲的带领下，站在村口，眼巴巴地望着经过的客车，盼他从车上下来，回家过年……他不敢往下想了，思乡之情已经将他淹没。

李保林想了一个办法，能够让孔繁森早点回家。公交公司的一辆货车要去外地送货，正好路过堂邑，他便安排孔繁森退掉车票，直接搭货车回家。孔繁森笑着拍拍李保林的肩头，说："我可以搭货车回家，但票不能退，你给我检票吧，把座位留给着急回家的人。"

这张车票五角钱，李保林拿在手中，觉得那么珍贵，沉甸甸的。望着孔繁森远去的身影，他仿佛看见一座高大的山峰。

日月山

一九七九年夏天，孔繁森告别家乡，同十五名援藏干部一起被派往青藏高原。这是他第一次援藏，前方的路曲折而漫长。

在去之前，孔繁森心里很清楚，那个地方的生活条件很艰苦。但是，正因为这样，他觉得才更应该去，和大家一起把身上的劲都使出来，把西藏建设得更加美丽。

当时，孔繁森的家人都生活在农村，日子过得很苦。母亲已八十高龄，常年卧病在床，生活不能自理。妻子王庆芝身体也不好，还有三个孩子，最大的才八岁，最小的只有两岁。他这一离开，家里的生活该有多么艰难！如果他把这些困难摆出来，组织上会重新考虑的，可是，孔繁森没有向组织提任何要求，坚决服从组织安排。

孔繁森肩负着光荣的使命，勇敢地上路了。他们一路上乘汽车，换火车，再乘汽车，再换火车，到达了西宁。从西宁到格尔木，再到拉萨，全程还有两千多公里，如果坐汽车，路途顺利也得跑六七天。

汽车到了日月山，这是人们进出青藏高原的必经之地，被称为"草原门户""西海屏风"。据说唐朝的文成公主就曾经过这里。为了缓解一下旅途的疲劳，孔繁森便给大家讲了文成公主的故事和日月山的传说。

唐朝时，吐蕃出过一位英雄人物，名叫松赞干布，他统一了青藏高原。他仰慕中原文明，几次向大唐求婚。唐太宗把文成公主嫁给了他。

日月山初唐时名"赤岭"，话说文成公主西出长安，经过十三个月的长途跋涉，才到达此处。马上就要进入吐蕃了，她举目西望，吐蕃，一个神奇而陌生的地方，朔风呼啸，风沙漫天，苍茫的草原上牛羊点点；回首长安，那是她从小生长的地方，这一去，不知何年何月才能回到故土。这一想，真是让她肝肠寸断，黯然泪下。她取出临行前父皇赐予的"日月宝镜"，从镜中看到了长安，繁华依然，看到了父皇和母后慈爱的面容，看到了安居乐业的百姓，也看到了猎猎战旗……

她把思念压在心底，想起身负的重任，长叹一声，将"日月宝镜"摔在地上，毅然斩断思乡之情，继续西行。宝镜碎成两半，传出一声巨响，化作两座东西相连的山峰，后人称之为"日月山"。这虽然是一个传说故事，但文成公主肩负使命而和亲却是真实的历史。她与松赞干布成婚，开创了唐蕃交好的新局面，为两地人民的幸福生活做出很大的贡献。

汽车停下来，孔繁森站在日月山上，举目遥望，感慨万千。他的故乡，民风淳朴的齐鲁大地，让他深深地留恋与牵挂。他的梦想，将扎根在日渐繁荣的雪域高原，于是，他在心里发誓：一定要为西藏人民谋福利，将西藏建设得更加美好！

过了日月山就进入青藏高原了,困难接踵而至。晚上十点左右,天黑得如同锅底,汽车停在一个兵站。大家都很疲惫,出现了不同程度的高山反应。孔繁森的两条腿肿了起来,头也像裂开般疼,胸口发闷,呼吸越来越困难。他躺在床上,想早点休息,却怎么也睡不着。不远处的青海湖,湖水激荡,空气中弥漫着冰凉的水汽,陡增夜晚的寒冷。孔繁森本想到湖畔走一走,领略一下夜晚的青海湖别样的风采,可是,他只能躺在床上,辗转反侧,想起了故乡的亲人,白发苍苍的老母亲,体弱多病的妻子,三个年幼的孩子。这一夜,他失眠了。

第二天,孔繁森和大家规划了一下线路,先到茶卡盐湖,再从柴达木盆地到达格尔木。茶卡盐湖被称为中国的"天空之镜",孔繁森感叹着说:"茶卡盐湖真是一颗镶嵌在雪山草地上的明珠啊!"

路上的景色越来越美,但海拔越来越高,大家的高山反应也越来越强烈。孔繁森的头疼得更厉害了,伴随着眼花、耳鸣、全身乏力等症状。

他咬牙坚持着,并鼓励同志们:"坚持一下啊!适应过来就好了,我们将长期在西藏工作,一定要克服这些困难。"

不一会儿,天气突变,天上乌云翻滚,地上狂风大作,飞沙走石,气压也变低了,让人喘不过气来。刚才还是晴空万里,怎么说变就变呢?大家第一次经历这样的天气,不等他们反应过来,天上下起了冰雹,打得车身砰砰作响。冰雹下得很急,很密,很疯狂。一个个如栗子大小,穿过厚厚的云层,闪着冰冷的白光,砸向大地。不一会儿,冰雹停了,天边出现一道绚丽的彩虹。

孔繁森把头探出窗外,望着湛蓝的天空,笑呵呵地说:"这是迎接我们的仪式,很特别啊!"

第三天,他们从格尔木出发,最后到达昆仑山口,晚上在山脚下的养路道班里住了一宿。汽车翻过一道道山岭,行驶在崎岖的山路上。好长时间才过了昆仑山口,进入了可可西里。强烈的高山反应折磨着他们,使得每个人的大脑反应迟钝,舌头也不好使了,连话都说不清楚。这时的孔繁森还在努力思考,他把走过的地方,地形地貌、气候变化、风土人情等,全部记在心里,为将来更好地工作做准备。

第四天，汽车先往不冻泉方向行驶，然后，经过五道梁和沱沱河。走到这里，大家的高山反应越发厉害，有一名援藏干部甚至处于昏迷状态。随队医生决定将他送到附近的沱沱河兵站休息。沱沱河兵站建在一个海拔四千七百多米的山脚下，汽车开不过去，只能开到离兵站一公里的地方。车刚一停下，孔繁森就抢先和随队医生把那名昏迷的同伴抬下车来，其他人互相搀扶着，陆陆续续下了车。强烈的高山反应，把大家折磨得都没有力气了，走路都很困难。孔繁森一咬牙，背起那名昏迷的同伴就往前走。

随队医生拿出仅剩的半袋氧气，对孔繁森说："你吸几口氧气吧，要不然，你会坚持不住的。"

孔繁森摇摇头说："我身体底子好，不需要这个，你给其他同志吧！"

其实，他的高山反应很厉害，身上又背着一个人，只觉得呼吸越来越困难，步履越来越沉重。大家想替换他一下，但孔繁森知道，此刻，每个人都在拼命坚持，每往前走一步，都要付出很大努力！

于是，他用力喘了几口气，装作没事的样子

说:"我是有名的山东大汉,体格壮得很,我背着他就行了。"

他不敢多说了,头嗡嗡地响,眼前直冒金星。他的心里只一个念头:快走,快走!越快越好,速度和时间对挽救一个生命很重要。他拼命地向前走去,终于到了兵站。经过治疗,同伴转危为安,而孔繁森却累得半天爬不起来。

第五天,孔繁森和同伴们从沱沱河出发,经过艰难跋涉走过雁石坪,来到唐古拉山口。唐古拉,号称"风雪仓库",这里是青海和西藏的分界线,山口处建有一座人民解放军塑像纪念碑。孔繁森站在纪念碑前,想起那些为了修建青藏公路而牺牲的英雄,他们不怕困难的精神深深地激励着他。

第六天,孔繁森他们历尽艰难,终于到达拉萨。从此,美丽的青藏高原,到处留下了他的足迹和撼动人心的故事……

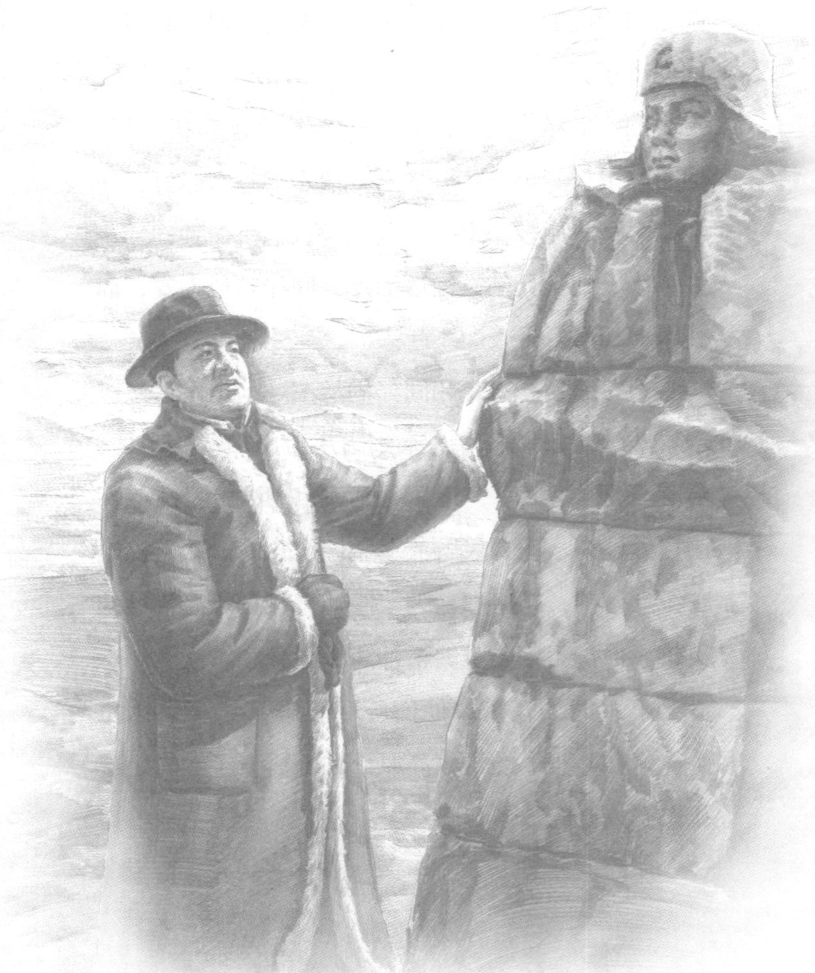

离太阳最近的人

孔繁森当过兵,对部队有着深厚的感情。虽然离开部队多年,但他和边防战士之间,有着许多感人的故事。

孔繁森在岗巴县任职时,有一个地方,山高路远,飞鸟罕至,那里就是查果拉哨所,是我军海拔最高、生活条件最艰苦的边关哨所。孔繁森去过那里很多次,只因心里装着边防战士。因交通不便,战士们的给养供应不足,一年四季很少吃到绿色蔬菜,导致战士们缺乏维生素,嘴唇干裂,头发干燥,加上强烈的紫外线的照射,一个个脸庞被晒成黑红色。不仅如此,因哨所缺少干草、木柴等燃料,天冷的时候,战士们想生火取暖都得到山下的荒原上拣干牛粪，为了多拣一些干牛粪，往往要顶风冒雪地跑出十几公里。但对于边防战士们，一切困难他们都能克服。这里有三大山口，分别是：查果拉山口、控扬米山口和西西拉山口。每个山口地势险要，海拔都在五千五百米以上，布满积雪、险滩和冰河。战士们每天都要执行三大山口的巡逻任务，所遇到的困难可想而知。

孔繁森来到查果拉哨所，了解了这里的实际情况，被战士们顽强拼搏的精神深深打动了。他向战士们表示，一定会想尽一切办法，替战士们解决困难。

有一次，孔繁森的山东老家给他寄来了茄子干、豆角干、地瓜干等。他高兴地说："太好啦！战士们有口福啦！"

他自己不舍得吃，将这些食物重新打包，因工作繁忙，他一时抽不出时间去给战士们送，为了让战士们尽快吃到这些食物，他通过邮局邮寄了过去。不久，有个朋友送给他一种高原抗缺氧药物，他想起有的战士有高山反应，便又将药物寄给了战士们。

孔繁森在岗巴工作的三年时间里，数次登上查果拉山，去看望哨所的战士们，悼念在巡逻途中牺牲、长眠在这里的十名战士。他曾抚摸着刻有"查果拉主峰"几个鲜红大字的石碑，不无感慨地说："无论是谁，只要到了边防线上，站在界碑旁，使命感和责任感就会油然而生。在这么艰苦的地方生活，不要说别的，如果能坚持下来，就称得上是英雄！"

孔繁森离开岗巴县以后，始终牵挂着战士们的生活，经常给他们写信，寄一些家乡的特产，慰问边防战士。

查果拉哨所的战士曾经写给孔繁森一封信——

孔繁森同志：

首先，我们代表全连干战祝您工作顺利，身体健康！

春节收到您的来信和从拉萨寄来的家乡特产，真高兴。您能在百忙中送来温暖，关心我们查果拉连队全体干战，送来温暖之心，带来了体贴之情，鼓舞着我们连队优秀地完成了去年进藏新兵的训练

（任务），使他们成为一名合格的军人，真正的"高原卫士"。

一年来，我连在上级领导和各方面同志热心关怀下，又荣获了集体二等功，连长扎多荣获二等功，赵显富（荣获）军区一等功。

艰苦的环境考验着我们，恶劣的气候威胁着我们，但查果拉军人的坚强意志鼓舞着我们，"老西藏""老边关"精神激励着我们，"艰苦奋斗、无私奉献"的光荣传统影响着我们，我敢相信，查果拉连队会在这一年里取得更大的成绩，来报答您对我们的关心。

此致军礼！

高原红色边防队党支部
一九九一年四月十八日

孔繁森在阿里地区任地委书记时，有一年中秋节前夕，他在拉萨开完会，听说措勤县的武警中队吃不上月饼，便在回去的路上买了一些月饼，强忍着高山反应带来的剧烈头痛，来到海拔四千多米的措勤县。当孔繁森给战士们分发月饼时，战士们全哭了，他们驻守在边疆，远离亲人，在这个月圆之夜，地委书记能与他们共度佳节，让他们深受感动。

一名小战士抹着眼泪说："孔书记，我想家了，想爸爸，想妈妈……"

孔繁森替他擦去泪水，说："我也想家啊！这是个团圆的日子，每一个离开家乡的人都会思念亲人的，但此刻我们身处此地，不正是为了千家万户的团圆吗？"

他抬起头，望向天上那轮明月，朗声吟诵：

明月几时有，把酒问青天。不知天上宫阙，今夕是何年。我欲乘风归去，又恐琼楼玉宇，高处不胜寒。起舞弄清影，何似在人间。

转朱阁，低绮户，照无眠。不应有恨，何事长向别时圆。人有悲欢离合，月有阴晴圆缺，此事古难全。但愿人长久，千里共婵娟。

战士们一齐鼓掌，大声喝彩。孔繁森乘兴说："咱们唱歌吧！"

战士们齐声说:"好!"

他站在战士们中间,领唱《十五的月亮》:

十五的月亮,照在家乡,照在边关,宁静的夜晚,你也思念,我也思念……

皓月当空,一曲高歌,响彻宁静的大地。

小药箱

孔繁森援藏期间，人们经常会看到他身上背着一个小药箱。尤其是下乡时，这个小药箱与他形影不离。在雪域高原上，这不失为一道动人的风景。他是领导干部，怎么会像医生那样随身背一个药箱呢？原来，孔繁森当兵的时候，被分配到济南军区总医院教务处工作。他聪明好学，上进心强，又肯钻研，在一位医术高明的军医的指导下，孔繁森掌握了大量的医学知识。最重要的是，救死扶伤的人道主义精神一直激励着他。这让他后来在西藏的工作中，无论多么繁忙，都不忘背起药箱，随时随地为藏族群众看病、送药。

最初，孔繁森下乡视察工作，随身背着药箱。

牧民们看见了，十分惊奇，这么大的干部下乡视察工作，怎么还背着一个小药箱？孔繁森笑着对大家说："除了我的本职工作，我还会看病，我在部队的军医院工作过，业余时间学过医，一般的小病我都能治得了。"

藏族群众很高兴，纷纷围上来，不少人请孔繁森治病。高原地区缺医少药，难得遇上这样一位既能当领导又能看病的人，用藏族群众的话说，孔繁森不仅是一名党的好干部，还是一位活菩萨。

当时，有一位藏族老人病得很厉害，他呼吸困难，脸色发紫，但拼尽全力抓住孔繁森的手。老人强烈的求生意志感染了孔繁森，他立即诊治，发现这位老人得了肺病，一口浓痰没吐出来，堵在咽喉，阻塞了呼吸道，如果不把痰吸出来，老人将窒息而亡。最好的治疗方案是用吸痰器将痰吸出来，让患者不至于因为痰液堵塞出现意外。可是，孔繁森的药箱里除了一些常用药品，并没有什么医疗器械，更谈不上吸痰器了。这可怎么办？总不能眼睁睁地看着病人难受啊！孔繁森想了想，有办法了！他取下随身的听诊器，将听诊器的胶管插入老人的口中，慢慢地伸向喉部。然后，他对着胶管用力往外吸痰，一口一口，直到将痰全部吸了出来……

从此以后，只要藏族群众一看到孔繁森来了，就像看到亲人一样，一个个围在他身边，请他看病，亲切地和他打招呼："书记，大本布拉①，恩不机②，亚古都③。"

有一次，孔繁森去一家敬老院看望孤寡老人，还没进门，几位老人就迎了出来，他们都是孔繁森的老朋友了。孔繁森来过这家敬老院好几次了，给这里的很多老人看过病、送过药，和他们拉过家常。老人们一直把孔繁森当作自己的亲人，一见到他都很高兴。其中还有三位老年哑人——卓玛、琼宗和措姆。他们不会说话，却眼含热泪，拉住孔繁森的手，久久不放。

孔繁森耐心地叮嘱他们："卓玛，你的腰、腿不好，不要搬沉重的东西。

"琼宗，你心脏不好，少喝酥油茶，尤其是睡

---

① 藏语，大干部。
② 藏语，医生。
③ 藏语，好。

觉前，尽量不要喝，这样会增加心脏的负担。

"措姆，我给你带来了一点儿降压药，记住按时服用。"

有一位老人一瘸一拐地走过来，他的脚烫伤了，由于治疗不及时，伤口溃烂发炎了。孔繁森急忙为他检查伤情，从小药箱中拿出棉花球和碘酒，仔细地为他擦洗伤口，敷药包扎。但孔繁森心里一个劲儿地自责：要是早来就好了，让老人遭了这么多罪。

临走时，孔繁森给老人们送了一些药品，并将身上仅有的三十元钱掏出来，留给了老人们……

老人们感动得热泪盈眶，一直把他送到门口，包括烫伤脚的那位老人。孔繁森一再劝他不要随便走动，可他坚持要送送这位尊贵的客人。尤其是卓玛、琼宗和措姆，他们三人挤到前面，对着孔繁森双手比画，不停地用手指着自己的胸口。孔繁森不明白他们的意思，随行的翻译也被难住了，他能翻译藏语和汉语，却不懂手语，何况他们打的手势也不是规范的手语。会不会是他们哪里不舒服？孔繁森心想。于是，他先让琼宗坐好，准备戴上听诊器进行诊断。可是，琼宗一见他戴上听诊器，立刻站了起来，又打起各种手势，指着自己的胸口。孔繁森越发不解，看看这个，望望那个。

一位老人笑着说："孔书记，我知道他们在说什么。"

孔繁森说："请您赶紧告诉我。"

"哈哈！"

"快说呀，他们是不是身体不舒服？"

"孔书记，他们是在感谢您哪！说您是他们心中的活菩萨。"

在雪域高原，孔繁森和藏族老人的故事还有很多。他在岗巴县工作期间结识了两位藏族老人，一个叫格绕，一个叫拉吉。他们是老两口儿，都七十多岁了，身体不好。格绕年轻时做过几十年农牧区基层干部，是有名的劳动模范和拥军模范。孔繁森一有空就去看望他们，有时候工作繁忙，他就托人给他们带去一些药品和营养品。

有一次，孔繁森去拉萨开会，听说格绕和拉吉最近身体不好，他心里很着急，会议一结束，顾不上休息，驱车奔向岗巴县看望两位老人。

老两口儿一见到孔繁森,就像见到久别的亲人,激动之余,把家里最好吃的东西拿出来招待客人。格绕忙着给他倒酥油茶,拉吉忙着给他倒青稞酒,不知该怎样感谢他才好。格绕还要去生火煮鸡蛋,让孔繁森吃了补补身体。

孔繁森赶忙拉住她的手说:"鸡蛋你们留着吃,你们最该补身体,我是来看望你们的,你们倒关心起我来了。哈哈!"

孔繁森仔细询问了两位老人的身体情况,并从随身携带的小药箱里拿出一些药品,说:"这都是日常所用药品,有个小病小灾,头疼脑热什么的,你们记得服用啊!不过,万一身体出现较为严重的症状,一定要及时去医院治疗啊!病可不能拖,如果有什么困难,你们就打电话通知我,我会帮你们解决的。"

两位老人很受感动,孩子般地点着头,双双拉住他的手,请他坐下来吃顿饭。孔繁森说:"时候不早了,我既然来了,那就抓紧时间去看看牧民们,不知他们有什么困难。我好长时间没来了,真对不住大家。"

拉吉说:"您心里全装着我们,看您操劳的,比以前又瘦了许多。"

他边说边让格绕快去准备送给孔繁森的礼物。格绕忙得团团转,恨不得把家里最好的东西都拿给孔繁森。孔繁森拦住她说:"您别忙活了,我什么都不要,我就是对你们的身体放心不下,过来看看你们,怎么能要你们的礼物呢?"

但两位老人就是不肯,非要送给他礼物。拉吉竟然将家里的一只老母鸡抱出来,让孔繁森带回去,熬鸡汤喝,补补身体。

孔繁森说:"你们的心意我领了,还是那句话,我是来看望你们的,你们不要过意不去,再这样下去,我还怎么来啊?"

他坚决不收任何礼物,告别两位老人。接着,又去周边的牧场看了看,为那里生病的牧民送去药品。药箱空了,孔繁森不无遗憾地说:"多带点药就好了。"其实,这句话他说过无数次了,每次下乡,他的小药箱里的药品都是满满的,但很快就用光了。有时候,药品实在不够用,孔繁森就给原部队的军医院领导写信求助,但是,军医院寄过来的

中华先锋人物故事汇 孔繁森

药品很快就用光了,药箱又空了。孔繁森就自掏腰包,从西藏军区总医院买药续上。就这样,几年下来,他用于买药的钱到底有多少,连他自己也记不清了,倒是有句话常挂在他嘴边:"药太少了。"这几乎成了他的口头禅。他常常想:小药箱的药什么时候才够用呢?

爸爸又走了

二十世纪八十年代初,孔繁森的援藏工作结束了,回到了阔别已久的故乡——山东聊城。

当他走进家门的时候,全家人都不敢认他了,他变得又黑又瘦,脸上沟壑纵横,苍老了许多。娘心疼地抚摸着他的脸庞说:"咋瘦成这样?咋长了这么多皱纹?孩子,你吃了不少苦吧?"

孔繁森说:"娘,干工作哪能不吃苦?您放心,我身体好着哪!就是瘦了一点儿。"

妻子王庆芝站在旁边抹眼泪,孔繁森安慰她说:"好了,别哭了,我这不是回来了吗?"

王庆芝说:"你总算回来了,这个家快把我压垮了。"

孔繁森说:"这回你可以歇一歇了,里里外外的事有我哪!"

三个孩子围上来,他们终于见到日思夜想的爸爸了。孔静拉着他的右手不放,孔杰拉着他的左手不放。"爸爸!""爸爸!"他俩一声声地叫着,不停地摇着他的胳膊。

小女儿孔玲扑到他的怀里,仰起脸问他:"爸爸,你给我们带什么礼物了?"

孔静和孔杰也跟着说:"对呀,爸爸还没给我们礼物呀!""爸爸该带回很多礼物吧?"

他们的眼睛盯在孔繁森带回的那个包上。孔繁森将他们揽在一起,轻轻往前一推,说:"你们自己打开看看吧!"

孩子们乐坏了,嘻嘻哈哈地扑过去,争抢着打开包,下手翻了一遍,包里除了几件旧衣服和简单的洗漱用品之外,就是一个圆圆的木头菜墩。孩子们很失望,一个个噘起小嘴,满脸不高兴的样子。

孔繁森觉得他这个当爸爸的失职了,离家这么久,都没给孩子们买点喜欢的礼物,可是,只有他自己知道,每月发的工资根本不够花,除了寄给家里的生活费，还要挤出一点儿钱来资助一些贫困的牧民和孩子。

他只能跟孩子们说："爸爸回来时太匆忙了，忘了给你们买礼物。这样吧，爸爸向你们保证，等发了工资一定给你们补上！"

孔静说："爸爸，只要您在我们身边，再也不离开我们了，我们什么礼物都不要。"

孔杰和孔玲也说："爸爸，我们不要礼物了，我们就要您。""再也不许您走远了，您要天天陪我们玩。"

孩子们的话，让孔繁森浑身一震，泪水喷涌而出。孩子们的要求并不高，可是，他这个当父亲的，却不能满足他们，连应有的父爱都不能给他们。他欠孩子们的太多了，真是难以补偿，他感到深深的愧疚。

孔繁森在家待了没几天，就到莘县上任了，他被任命为县委副书记。莘县离聊城并不远，孩子们天真地认为，只要爸爸不去遥远的西藏，他们就能天天看见爸爸。可是，他们能见到爸爸的机会很少。由于工作太忙，孔繁森每两个月才能回家一次，匆匆和家人见一面，往往连饭也顾不上吃一口，就又走了。

孩子们很不理解，爸爸为什么这么忙？他们问奶奶，奶奶说："他为公家办事，就得多忙活。"

他们问妈妈，妈妈说："爸爸天生一个大忙人，很多事等他去做呢！"

可是，爸爸什么时候不忙了，天天带他们玩呢？孩子们都这样想，妈妈告诉他们的永远是这句话："再等等，爸爸快忙完了。"

一年又一年过去了，孔繁森的工作不断调动，他似乎更加忙碌了，陪伴家人的时间也越来越少。一九八八年十月，山东省委组织部选派援藏干部，认定孔繁森是最佳人选，他不光政治素质高，顾全大局，具有吃苦耐劳的精神，更重要的是，他进过西藏，工作经验丰富，对藏族群众有深厚的感情。因此，组织上找他谈话，决定让他担任援藏干部总领队。

当问他有什么困难时，孔繁森坚定地说："我个人的困难不算什么，坚决服从党的安排。"

人们无法想象，第二次援藏，孔繁森面临多么艰难的人生抉择。他的家庭负担很重，年迈的母亲瘫痪在床，吃喝拉撒都需要人照顾，妻子一个人根本顾不过来，还要照顾三个孩子的学习和生活，光洗衣、做饭和检查作业都够她受的。何况，她身体也不好，动过手术，经常因操劳过度累倒，身体状况不容乐观，就算是铁打的人，面对这一切，也支撑不下去。这个家实在离不开他。可是，他又想起西藏——他工作过的地方，那里的山，那里的草地，那里的湖泊，那里的牧民，那里的老人和孩子，无不让他深深地牵挂。那里更需要他，青藏高原在呼唤他。有句话：手心手背都是肉。一边是家庭，一边是西藏，自己该如何选择啊？为此，他吃不下饭，睡不好觉。没有几天，他整个人又瘦了一圈。最终，他下定决心，再去西藏。

虽然孔繁森下定了决心，但去西藏的事，还没有跟家里人说。他不知道该怎么开口，一旦说出来，家里人的反应可想而知。怎么办呢？孔繁森难住了。他想了一夜，决定带着妻子和孩子们去北京旅游，算是对家人的一点儿补偿。尽管他知道，家人并不需要这种补偿，但他能做的只有这些了。尤其对于孩子们，他从未带他们旅游过。

孩子们听说要去北京，高兴得又蹦又跳，搂着他的脖子亲了又亲。他们认为，爸爸终于不忙了，有时间带他们玩了，爸爸真好！但孔繁森的心里却很难受，他将再次离开亲人，这一去不知哪年哪月才能回来。

到了北京，在天安门前，他拿起相机给妻子和孩子们照了许多张照片，他只能用这种方式将家人留在心里。

回家之后，孔繁森在忙碌的工作之外，尽量抽出时间多陪陪孩子们，多帮妻子做一些家务，多守在老母亲身边和她说说话，因为他马上就要离开了，去西藏的日子就要到了。他要尽最大的努力，为家人做点事。

但是，无论怎样，他最终还是要走的。这天，他鼓起勇气，怀着深深的歉意，对妻子说："庆芝，有件事一直没跟你说，我……我不知道该怎么说。"

妻子说："什么事呀？让你还吞吞吐吐的。"

"我已经准备好了，再去援藏……"

"你说啥?这么大的事,为啥不早跟我说?"

"我知道咱家这情况,你一个人……"

"咱不说别的,能不去吗?不是我不支持你的工作,咱家这情况,你不是不知道,离了你能行吗?这还叫家吗?"

"我知道……可是工作……"

"你别说了。"妻子的眼泪流了下来。

第二天,孔繁森就要出发了。他早早起床来到娘的身边,为她梳理头发、擦脸、喂饭、剪指甲、洗脚。

娘问他:"儿啊,又要去上班了?早回啊!"

孔繁森贴在娘的脸上说:"娘,儿子要出远门了,又要去西藏了。"

娘摸着他的头说:"你前些年不是去过西藏吗?那个地方太远了,咱不去行吗?"

孔繁森拼命忍住不让眼泪流下来,强作笑颜地说:"娘,我是您的儿子,但也是党的人,咱得为党工作啊!"

娘的眼里含着泪花:"去吧!孩子,好好干啊!不要误了公家的事……"

孔繁森的眼泪唰地下来了："娘，您要保重啊！等儿子回来好好孝敬您。"他跪倒在地，给娘磕了三个头。

妻子掩面而泣，三个孩子扯住他的衣襟，哭喊着不让他走。孔繁森蹲下身来，将他们挨个亲了亲，替他们擦干脸上的泪水，而自己的眼泪又流了下来……

临行前，孔繁森请一位书法家写了一副对联："是七尺男儿生能舍己，作千秋鬼雄死不还乡。"

儿子又走了，丈夫又走了，爸爸又走了。全家人陷入无尽的思念……

孔繁森进入西藏后，写下一首诗：

第二次出征西藏

孔繁森

我不喜欢孤独的吟唱，

我不喜欢哀婉的忧郁，

我喜欢淋漓的欢乐，

我喜欢火热的生活，

我喜欢国土的广阔，

今天，接到命令：
奔赴西藏，第二次奔赴西藏，我又陷入
遥远的回忆——
想那片草原，
想那片有蓝天、白云的高原，
想那片酥油茶飘香的高原，
想那片流淌草原牧歌的高原，
想那片剽悍雄性的高原，
想那片佩藏刀饮大碗青稞酒的高原，
想那片雄伟高大的天然屏障，
过去了，又走回来——

离开故乡，离开那片养我育我的平原，
我不敢再想白发老母倚门望我回家。
我怕太阳下山之后，
大野里传来母亲的呼唤，
唤我，唤我，归家；
我怕那门前的酸枣树开花又结籽，
红透了之后，攥在母亲的手掌之中，
等我，等我，等我回家——

谁都有儿女情长,
羊羔跪乳,燕子衔食,
我知道男儿应该远行,
离家之前,我只想说——
祖国的每片土地都养人。
我知道出征的路程和分量,
我知道荣誉和牺牲、胜利和艰难,
绝不会单一降临到一个人的身上,
我要用妈妈的教诲、妻子的期待、
朋友的支持,来激励我勇敢顽强地
站在祖国的高原——西藏。
为了祖国的每一寸土地繁荣昌盛,
我愿做雪山上的一盏明灯,
把祖国的边疆西藏照亮。

春天来了

冬天的拉萨，天寒地冻，风雪迷蒙，天气异常恶劣，人和牲畜被冻伤的事件屡屡发生。孔繁森在拉萨市任副市长期间，每到冬天最关心的就是藏族群众的安全，尤其是那些孤寡老人、孤儿和残疾人。

这天，孔繁森买了一些饼干、糖果和一大桶酥油，让司机开车拉他到堆龙德庆县的敬老院。

司机问他："您买了这么多东西，去看望老乡还是去探亲啊？"

孔繁森说："去看望比老乡和亲戚还要亲的人。"

出了拉萨市，通往堆龙德庆县敬老院的路并不远，不过二十公里，但那是一条沙子路，高低不平，路面坑坑洼洼，加上天气恶劣，风雪漫天，他们走了好长时间才来到敬老院。天气寒冷，老人们都躲在屋里不敢出门，但一听到孔繁森的声音，老人们争相走出来。"大本布拉来了，大本布拉来看咱们了！""孔市长来看咱们了！"他们欢呼着，围住了孔繁森。

"波拉①，我来看望您老人家啦！"

"姆拉②，您身体还好吗？"

孔繁森对他们嘘寒问暖，将带来的礼品一一分给老人们。然后，又给他们检查身体，分发药品。他身上依旧背着那个小药箱，里面装满了药品，装着一颗火热的心。老人们把他的小药箱视作"宝贝"和"救命稻草"，把他当作"活菩萨""最好的大本布拉"。

有几位老人身体不好，躺在床上，听说孔繁森来了，都挣扎着起来向他敬礼。

孔繁森说："大家都不要动，我是来看望你们

---

① 藏语，对男性长辈的尊称。
② 藏语，对女性长辈的尊称。

的。我不是什么大官,我是你们的亲人,有什么困难尽管跟我说。"

接着,他一个个询问他们的身体情况。旺姆老人一到冬天就咳嗽不止,上气不接下气,说话都很困难。孔繁森拿暖瓶倒出一杯开水,从药箱里取出消炎药和止咳药。他一手拿水杯,一手拿药,帮老人服下。旺姆老人想坐起来,但动弹不了。

孔繁森问:"您哪里还不舒服?"

老人说:"腰疼得厉害。"

"从什么时候开始的?"

"记不清了,有好些年了,天一冷,就疼得厉害。"

"这可不是小病啊!应该去医院看看。"

旁边的敬老院负责人说:"没钱。"

孔繁森有些火了:"不会想办法吗?病可不能拖,老人的身体要紧。"

孔繁森沉思片刻,对敬老院的负责人说:"这样吧,我回去想想办法,让县政府给敬老院拨一笔医疗费,一定要保障老人们的身体健康。"

最后,他将药箱里的止咳药和消炎药全部留

给了敬老院的老人们。"姆拉,放心吧!等经费批下来,您就可以去医院看病啦!找时间我再来看您。"

孔繁森要离开时,旺姆老人伸出一双枯瘦的手,紧紧扯住他的衣袖,连声说:"孔市长,您是好人,您就是我们的活菩萨。"

孔繁森说:"我不是菩萨,我是共产党员,是党派来的干部。我们共产党干部就是为人民服务的。"

旺姆流着热泪说:"共产党,亚古都。孔市长,亚古都。"

孔繁森离开旺姆老人,又去看望琼宗老人。琼宗老人七十多岁了,是个哑人,孔繁森曾经给他治过伤。他身披一件破旧的外衣坐在床上,用被子裹住一双脚,冻得瑟瑟发抖。一见到孔繁森,他就像见到久别的老朋友一样,心情很激动,急忙下床穿鞋。孔繁森不让他下床,可他非要站起来迎接孔繁森,以示尊敬。

孔繁森说:"那您别动,我帮您找鞋。"

他弯腰从床底下找到琼宗的鞋子,却发现这是一双破旧不堪的胶鞋,脚后跟磨平了,鞋帮都快烂掉了。

"这鞋怎么能穿呢?"孔繁森说。再看看琼宗的那双脚,冻得又红又肿,布满冻疮,他这才明白琼宗为什么一直用被子捂着脚。这怎么行?穿一双单薄的破胶鞋,怎么能过冬?他恨不得脱下自己的鞋子给老人穿上。孔繁森坐下来,忙着点火烧水,给老人洗脚。琼宗连连摆手,往回缩脚,他没想到,一个市长竟然亲自给他洗脚。

孔繁森笑眯眯地说:"不要动,我这是在给您治脚伤哪!"

孔繁森给他洗过脚,又敷上冻疮膏,用纱布包好,扶他上床,安慰了他一番。

回到拉萨的第二天,孔繁森收到一个包裹,妻子王庆芝从老家给他寄来一双新棉鞋,让他穿上过冬。她知道拉萨的冬天极其寒冷,孔繁森经常下乡,一双脚在雪地里不停地走,担心他的脚冻伤。孔繁森捧着这双新棉鞋端详了半天,真想穿到脚上,这是妻子的一片心啊!最后,他却将新棉鞋交给身边的勤务员,让他将这双新鞋给琼宗老人送去。

勤务员说："这怎么行？您怎么过冬啊？脚上连双棉鞋都没有。"

孔繁森说："我不要紧，你赶快送去，不能让老人挨冻。每当见到这些老人，我就想起家乡的老母亲。照顾这些藏族老人，也算是我给老母亲尽孝了……"

勤务员回来的时候，对孔繁森说："琼宗老人双手捧着新棉鞋，呵呵地笑了，又哇哇地哭了。"

孔繁森说："我们一定要多想办法，照顾好这些老人。"

一个星期天，孔繁森又出门了，依旧买了一堆东西，到拉萨市福利院串门，像是走亲戚。福利院的院长是位中年妇女，名叫巴桑，刚调到福利院工作不久。以前她就听说孔繁森经常到福利院看望老人，今天算是眼见为实了。她高兴地说："孔市长，您好！星期天您也不休息，专程来看望老人们，您对藏族群众真是太好啦！"

孔繁森说："在家待不住，就来看看老人们，陪他们过个星期天，拉拉家常，看看他们有没有什么困难。"

孔繁森把带来的东西交给巴桑，说："你给老人们分分吧！一定要照顾好老人们的生活，咱们就是他们的子女，要多尽一份孝心。"

巴桑使劲点头，已经感动得热泪盈眶。孔繁森又嘱咐她说："巴桑，你刚上任，工作上有什么困难，一定及时告诉我。"

孔繁森像往常一样，除了关心他们的生活状况，便背着小药箱给老人们查看身体，号脉、听诊、打针、喂药，一箱药品很快就用光了。

他发现一位七十多岁的老人，名叫贡觉，双目失明，行动不便，身上的衣服很单薄，而且又破又脏，被褥也很脏。孔繁森看了心疼，他帮老人脱下身上的脏衣服，然后脱下自己身上的毛衣毛裤，帮老人换上。接着，他找来脸盆，帮老人拆洗被褥和脏衣服。

巴桑和其他工作人员急忙上前抢脸盆，巴桑说："孔市长，我们来洗，这是我们的工作。"

孔繁森说："我们一起洗吧！在老人面前，我们不都是做儿女的吗？照顾好老人，是我们的本分。"

在他的带动下,福利院的工作人员齐动手,帮老人们洗澡,洗衣服,拆洗被褥。

有一位知情的工作人员问孔繁森:"孔市长,您把一双新棉鞋送给了敬老院的琼宗老人。今天,您又把身上的毛衣毛裤送给了贡觉老人。这都是过冬的衣物啊!您怎么办啊?"

孔繁森笑着说:"我年轻,火力旺,不怕冷。"

这位工作人员感慨地说:"眼下虽然是冬天,但孔市长来了,春天就来了。"

山东大个子

一个寻常的午后，拉萨的街头出现一名年轻男子，他衣衫褴褛，目光呆滞，一脸悲苦的表情，看上去像个流浪汉。

他叫黎穆萨，是个生意人，祖籍甘肃，回族。不久前，他从甘肃老家进了一车布匹，准备运到樟木口岸去卖。途经拉萨时，恰逢一场大雨，去樟木口岸的道路被冲垮了，几天才能修好。无奈之下，他暂时停留在拉萨，等修好了路再出发。可是，其间发生了一件不幸的事情：一车布匹被人骗走了。对他来说，这简直是灭顶之灾。

为了做这笔生意，他好不容易凑了近五万块钱，这在当时是个不小的数目。突如其来的变故，让他一夜之间负债累累，变成一个穷困潦倒的流浪汉。黎穆萨悲痛欲绝，只觉得天塌下来了，全家人要靠他养活，往后的日子可怎么过呀？就在他绝望之时，一个好心人告诉他，拉萨市政府里有个山东大个子，名叫孔繁森，百姓们都很信任他，说不定他会帮忙。

黎穆萨抱着最后一线希望，来到拉萨市委大院，却没见到孔繁森，他出去开会了。黎穆萨走投无路，只好站在门口等他。天快黑了，黎穆萨看见几个人说笑着走过来，当中一个大个子，衣着简朴，操着山东口音。莫非他就是孔繁森？

黎穆萨冲上去，问大个子："您是孔市长吗？"

孔繁森上下打量了他一眼，微笑着说："你找我有什么事吗？"

黎穆萨扑通一声跪下了，抱住孔繁森的双腿，哭诉他的不幸。孔繁森双手把他扶起来，安慰他："不要着急，我一定帮你解决困难。"

当天晚上，孔繁森就给市公安局打电话，要求迅速追查嫌疑人。几天后，市公安局传来消息，嫌疑人已卖掉布匹，携款潜逃。他们在追查，但需要一定的时间。

孔繁森对黎穆萨说:"查案子跟别的事情不一样,你要耐心等候。"

之后,黎穆萨的事一直挂在孔繁森的心头,在充分了解黎穆萨的生计困境后,孔繁森鼓励他要有顽强的拼搏精神。同时,他联系市建设银行,为黎穆萨争取到十万元的贷款。这笔钱挽救了黎穆萨,他重整旗鼓,生意渐渐好转。

黎穆萨逢人就说:"孔市长是我的救命恩人,我一辈子忘不了他。"

黎穆萨不知该怎样感谢孔繁森,当他提着大包小包的礼品去看望孔繁森时,却遭到了一顿批评:"小黎,欢迎你来看我,但不许你来这一套。快把东西拿回去吧,看到你们生活得好,我就很高兴啦。"

有一次,黎穆萨在服装市场上遇到孔繁森,他正在给收养的孤儿曲印买一条牛仔裤。只见他转过身去,从口袋里摸索了半天,掏出一把零钱数了数,总共二十八元,而他看中的那条牛仔裤卖三十五元。

孔繁森尴尬地笑了笑，对摊主说："这条裤子有点长，不一定合适，今天先不买了，以后再说。"

他跟黎穆萨打了声招呼，转身离去。黎穆萨立刻掏钱买了那条牛仔裤，追上孔繁森，将裤子递给他。

黎穆萨知道孔繁森的脾气，担心他不要，便言辞恳切地说："孔市长，这条裤子您一定要收下，算是我这个当叔叔的给孩子的，行吗？"

孔繁森沉默了几秒钟，将裤子接了过去。黎穆萨长吁一口气，这还是第一次，他送给孔繁森东西没有遭到拒绝。

一个星期后，孔繁森发了工资，他拿出三十五块钱递给通信员说："去给黎穆萨送去。"

通信员疑惑地说："黎穆萨现在还需要您救济吗？他的生意做得不错啊！"

孔繁森说："是我借过他的钱，今天该还了。"

黎穆萨捧着这三十五块钱双手一直发抖，不知不觉间，泪水在眼眶里打转。他知道孔繁森经常接济别人，但没想到，一个市长，为了给孩子买一条裤子，竟然连三十五块钱都掏不出来。黎穆萨决定，不管怎样，一定给孔市长送点钱过去。怎么送呢？他想出一个办法。

星期天，黎穆萨到孔繁森家里做客。孔繁森高兴地说："小黎，难得我今天有空，中午留下吃顿饭，我亲自下厨，算是借这个机会感谢你。"

黎穆萨说："孔市长，看您说的，我感谢您还来不及呢！您倒反过来感谢我呢！"

孔繁森哈哈一笑："上次你借给我钱救急，我应该感谢你呀！"

黎穆萨说："孔市长，那点事算啥？您帮了我那么大忙，我都没请您吃顿饭。"

孔繁森说："那是两码事，我身为党员，替群众解决困难是我应该做的。为人民服务是我党的宗旨嘛！"

趁孔繁森做饭的空当，黎穆萨悄悄拉开抽屉，放进去三千块钱。吃完饭，黎穆萨离开孔繁森的家，没走出多远，孔繁森从后面追了上来，将三千块钱还给他，并一脸严肃地说："小黎，你这是犯错误啊！今天我就不批评你了，以后可不许这样。"

黎穆萨说:"孔市长,您就收下吧!这是我的一点儿心意,如果不是您关心我、支持我,恐怕我早活不下去了。"

孔繁森说:"小黎,我们认识两年多了,我一直把你当作亲兄弟,我们之间不需要任何客套。我还是那句话,为群众排忧解难,是我应尽的责任,如果你今天不把钱拿回去,就再也不要进我的家门了。"

黎穆萨只好把钱收起来。孔繁森说:"这就对了,以后我们还是好朋友。有什么困难你就来找我,我一定会全力支持你。希望你做个大老板,将来为社会多做点贡献。"

过了几个月,孔繁森调到阿里地区工作了。有时候他到拉萨开会,就会顺路去看望黎穆萨,问他有没有什么困难。次数多了,连黎穆萨的邻居,很多藏族老阿妈都认识他,见他个子高,就亲切地喊他"红塔山"。

有一次,孔繁森刚离开黎穆萨的家,一位老阿妈问黎穆萨:"小黎,刚走的那个大个子,就是那个'红塔山',怎么觉得面熟呢?他是不是叫孔繁森?收养了地震孤儿的,我在电视上见过他。"

黎穆萨说:"他就是孔繁森,为藏族群众办了许多好事。"

老阿妈一边转着经筒,一边伸出大拇指说:"他,山东大个子,亚古都!"

卖血的爷爷

一九九二年七月,拉萨市墨竹工卡县、尼木县、当雄县发生了6.5级地震,牧民的碉房、干打垒的土墙倒塌了,有的地方已成为一片废墟,很多人受了伤。受灾严重的尼木县境内,还发生了雪崩。大量的泥石流几乎把公路阻断了。

时任拉萨市副市长的孔繁森,在第一时间带领工作人员前去尼木县救灾。尼木县位于雅鲁藏布江中游的北岸,道路本来就崎岖不平,又受到泥石流的阻挡,越发难行。孔繁森一行人克服重重困难,走了一天一夜,终于在第二天傍晚到达尼木县。他顾不上吃饭和休息,立即召集县里的工作人员,组成救灾工作队,走访慰问受灾群众。

第二天,孔繁森到尼木县羊日岗乡彭岗村查看灾情,彭岗村以烧制陶瓷而闻名,制陶历史有一百多年了。在这次地震中彭岗村受灾最严重,村里大部分房屋倒塌了,就像一件件破碎的陶器,让人触目惊心。孔繁森经过一片片废墟,眼泪禁不住流了下来。突然,他隐隐约约地听到远处传来一阵哭声。

"快!过去救人。"孔繁森迈步冲在前头。在一座倒塌的土房子前面,他看到三个孩子坐在地上,痛哭失声,脸上和手上布满伤痕,身上的衣服破烂不堪,沾满泥水。一见到孔繁森赶过来,两个大一点儿的孩子停止哭泣,瞪着惊恐而无助的眼睛望着他。那个最小的孩子,哭声更大了。她一边哭一边贴到两个大孩子身边。孔繁森看着他们,心疼不已,眼泪止不住地流了下来,他立刻上前搂住三个孩子,替他们擦去脸上的泪水。

这三个孩子,一个叫曲尼,十二岁,一个叫曲印,七岁,一个叫贡桑,五岁。他们的父母都在地震中丧命,三个孩子成了孤儿。面对这三个孩子,在场的人无不潸然泪下。孩子们太小了,失去父母和家园，往后的日子怎么办？

孔繁森对县里的干部说："先把他们安顿好，我会找时间来看他们的。"

当天晚上，孔繁森就去看望三个孩子，并给他们带来一些食品、饮料和衣物。三个孩子看看这些东西，再看看孔繁森，一个个眼泪汪汪的。贡桑搂住他的脖子，趴在他怀里抽泣起来。孔繁森心里发酸，实在放心不下他们，决定将这三个孩子带回拉萨，收养在身边。

大家听说他要收养三个孤儿，都很替他担心。孔繁森的家庭负担本来就重，收入不高，上有年迈的老母，下有三个上学的儿女，妻子又常年疾病缠身。他除了维持家庭的基本生活，平时还要硬挤出一点儿钱救助困难群众，购买药品，装备他的小药箱……加上公务繁忙，哪有条件和精力照顾三个孤儿？

有人劝他："组织上会安排三个孤儿的生活的，您就不要操心了，这可不是一件小事，会牵扯您很大的精力，经济压力会更大……"

可是，孔繁森的心里放不下三个孤儿，把他们视为自己的孩子，牵着他们的手，领回了家。

　　回家的第一件事，就是给孩子们洗澡、梳头、洗衣服，把他们打扮得干干净净、漂漂亮亮的。晚上睡觉的时候，由于地震带给人的余悸，半夜里，孩子们常常从噩梦中惊醒，哇地哭出声来。为了照顾好孩子们，不再让他们担惊受怕，孔繁森就和他们挤在一张床上，他睡最外边，孩子们睡里边。每隔两三天，晚上临睡前，孔繁森都要腾出时间做家务，洗筷子、刷碗，给孩子们洗换下来的脏衣服、脏袜子、尿湿的床单。还要教他们读书、识字，带他们做游戏，给他们讲故事。每逢节假日，他都会趁着难得的空闲，带孩子们去逛公园、书店、商场，给他们买衣物、书籍。他对孩子们倾注了所有的爱，孩子们都亲昵地叫他"波拉"，把他当作了亲人。

　　因为收养孤儿，孔繁森的生活更加拮据，但是，他也感受到了孩子们给他带来的快乐。对孩子们来说，孔繁森就像温暖的阳光，照耀在他们身上。对孔繁森来说，孩子们就像含苞待放的花朵，装扮了他的生活。只要孩子们能够健康成长，他无怨无悔。

卖血的爷爷　77

由于负担过重，孔繁森每月的工资根本不够用。为了不让孩子们受委屈，有一天，他悄悄地来到西藏军区总医院，要求献血。值班护士刘业香见他年纪大了，劝他不要献血。可孔繁森却异常坚持，他用近乎恳求的口气说："帮帮忙吧！我家孩子多，急需要钱。"

刘业香拗不过他，只好抽了他三百毫升血。孔繁森因此收到医院支付的营养费三百元。他怀揣着这三百元钱，先给孩子们买了一些营养品。过了一段时间，他手头又紧了，加上孩子们生病，营养也跟不上，他又先后两次去医院献血，换来六百元钱，全部用在孩子们身上。后来，刘业香得知他是地委书记时，忍不住泪如雨下。她怎么也不敢相信，身为地委书记的孔繁森竟如此清贫，而且，居然为了抚养三个孤儿而献血。她接待过无数个献血的人，但没有一个能像孔繁森那样，带给她如此强烈的震撼！

后来，拉萨市市长洛桑顿珠见孔繁森负担太重，就领养了女孩曲尼。

有一次，妻子王庆芝和女儿孔玲到拉萨探望他，孔繁森就带着她们去洛桑顿珠家看望曲尼。曲尼见到孔繁森,高兴坏了,一下扑到他怀里,不停地叫着"爷爷"。孔繁森爱怜地搂住她,问长问短,久久不肯放开。孔玲看在眼里,感动之余又多了一丝羡慕。在她的印象中,爸爸很少与他们兄妹三人这样亲近。当然,不是爸爸不亲近他们,而是爸爸太忙了,又远在西藏,跟他们很少见面。

孔繁森对孔玲说:"你们兄妹三人,我欠你们的太多了。不要怨爸爸,我身为党的人,就要为人民多付出。曲尼他们是孤儿,没有父母疼爱,相比之下,你们已经很幸福了。"

孔玲很懂事,说:"爸爸,我们理解您,支持您!在我们的心里,早把曲尼他们当作家人了。妈妈也说过,再苦再累,我们也要一起努力,把他们抚养成人。"

女儿的话,让孔繁森感到莫大的欣慰。

后来,孔繁森调往阿里地区工作,为了照顾两个孩子,他把两个孩子带在身边。阿里地区位于西藏自治区西部,平均海拔四千五百米,土地辽阔,人口稀少。那里高寒缺氧,一年四季很少下雨,除了顽强生存的红柳,几乎看不到别的植物。孩子们太小，不太适应阿里的气候和环境，加上孔繁森太忙，实在抽不出更多的时间照顾他们，没过多长时间，两个孩子时常生病，身体一天天消瘦下去，学习成绩也开始下降。孔繁森很着急，他不想让孩子们受半点委屈，怎么办呢？

当时，噶尔县小学的一位老师跟孔繁森商量，代他收养一个孩子，以减轻他的负担。但孔繁森没有同意，说："两个孩子没爹没妈，如果再分开，一个东，一个西，我怕他们太孤单了，心里承受不了。"

孔繁森想了很久，最后，只好把两个孩子送回拉萨，委托一名值得信赖的战士崔健勇照顾他们。并向他提出明确的要求：必须三天给孩子们换洗一次衣服，必须一周给孩子们洗一次澡，早晨一定督促孩子洗漱，睡前一定要洗脚，食谱要经常更换，每天要给孩子检查指导作业，两个星期带他们出去玩一次。更要注意的是，要培养孩子们自力更生、艰苦奋斗的精神，教会他们做家务，适当进行一些体力劳动。

生活条件好了，曲印和贡桑开始挑食了，孔繁森知道后，打电话给崔健勇："我想请你把他俩带回羊日岗乡去看一看。"

崔健勇不解:"看啥呀?他们的父母都不在了。"

孔繁森说:"让他俩看一看家乡的面貌,走一走家乡的土路,体验一下艰苦的生活。"

崔健勇觉得孔繁森的话很有道理,便带着两个孩子回羊日岗乡住了几天。回来后,他们有了变化,似乎长大了许多。

光阴如梭,二十多年过去了,三个孤儿已长大成人。曲尼参军后成为一名护士,在医院工作,表现很出色,多次被评为优秀工作者。曲印也当过兵,复员后在拉萨电视台工作,成为一名摄影记者,现在已经是两个孩子的爸爸了。贡桑毕业于南京大学考古专业,毕业后又辅修法律专业,在大学里就加入了中国共产党。毕业后,分配到那曲地区工作,后调到西藏自治区文化厅工作。

而他们的爷爷孔繁森,却永远地离开了他们,只把温暖留在了雪域高原。

天外来客

　　阿里地区有一个丁固乡，属于此地海拔最高的牧区，全年平均气温在零摄氏度以下，自然条件十分恶劣，空气稀薄，交通不便，没有公路，只有一条陡峭崎岖的山路，人们进出只能靠步行或骑马，翻山越岭，困难重重。一年四季，外界的人，包括县里、区里的干部都很少来。这个地方，空旷苍凉，几乎与世隔绝。牧民的生活状况鲜为人知，无形之中，给这里披上了一层神秘的面纱。

　　孔繁森作为阿里地区的一名领导干部，决定前去丁固乡视察。他从区里借了两匹马，和翻译格桑丹珠一起，骑马走向这个高原牧区。

　　他们冒着凛冽的寒风，翻过一道道山岭。越往上走，空气越稀薄，孔繁森出现了高山反应，他感到呼吸困难，头痛头晕，耳鸣恶心，心跳加快，浑身难受。他是山东人，从小生活在平原地区，很难适应这种高原气候，但他毫不畏惧，面对困难，他有无限的勇气和斗志。

他们历尽艰辛，走了很长时间，终于看到山谷里有几座帐篷，寥若晨星。格桑丹珠告诉孔繁森，这就是丁固乡的一个牧村，整个山谷里只有十几户人家，牧民分布得很散。孔繁森顾不上多喘一口气，打马奔向一处帐篷。

帐篷的主人，一位四十多岁的藏族汉子，老远看到他们，还以为是"天外来客"，吓了一跳，站在帐篷门口不知所措。孔繁森微笑着走上前去，向他伸出了手，他依然神色惶恐。格桑丹珠告诉他，这是新来的地委书记，他这才放松下来，仔细端量了一下孔繁森。站在他面前的这个人，身材高大魁梧，目光和善，眉宇间透出一股刚毅之气，脸上始终挂着微笑，举手投足温文尔雅，显得平易近人，有长者风范。孔繁森又微笑着向他伸出了手，他握着孔繁森宽厚的大手，感到了一股力量，一丝温暖,一种依靠。他的心里变得踏实了,热情地将他们请进帐篷。

这个帐篷很简陋,当中是一个泥巴砌的炉子,旁边是盛干羊粪的池子。炉子里烧的是干羊粪,帐篷里没有烟囱,浓烟从帐篷顶的缝隙冒出去。最里面有一个土台,放着一盏酥油灯,火苗摇曳,照亮了帐篷。地上铺着卡垫和老羊皮,人们都是席地而坐,睡觉时就躺在上面睡。一个中年女人,腰系围裙,坐在卡垫上,拿着木槌捻牦牛毛线绳。她一见到孔繁森和格桑丹珠,有些慌乱,急忙停下手中的活儿,起身请他们坐下,忙着去煮酥油茶,招待客人。

孔繁森和帐篷的主人拉起家常,关切地询问他们的日常生活。男主人是村委会主任,煮茶的中年女子是他的妻子,家里还有两个男孩,大的十岁,小的八岁,一家四口,生活拮据。

"孩子呢?"孔繁森问。

"放羊去了。"

透过帐篷门,孔繁森看到前面不远处有一个用鹅卵石砌成的羊圈,远处的山坡上稀疏的树木与枯黄的野草之间，有跑动的羊群，像点点白云，聚聚散散。呼啸的山风，凄厉中裹着时断时续的牧歌，咿咿呀呀，充满稚气。

"那就是两个孩子在放羊吧？"孔繁森起身走出帐篷，面向山坡，久久凝望。

"快进帐篷，外面冷。"男主人说。

"他们什么时候回来？"孔繁森问。

"快了。"男主人看了一下天色。

"孩子在哪儿上学？"孔繁森很关心这件事。

"在乡里的一所小学上学。"

"有困难告诉我，一定帮你们解决。"

暮色降临，孩子们放牧归来，大家围坐在一起吃晚饭。这家人很好客，竭尽所能，把家里最好吃的东西都拿了出来：青稞酒，风干的羊肉，新做的糌粑……孔繁森把两个孩子拉到身边坐下，拿出带来的面包和火腿肠，让他们放开吃。两个孩子很少吃到这种好东西，毫不客气，大口大口地吃起来，孔繁森爱怜地看着他们，舍不得吃一口肉，只吃了一团糌粑。

吃完饭，男主人在帐篷一角铺上一块氆氇，让孔繁森和格桑丹珠休息。他又找出一件羊皮袍子，让他们盖上。孔繁森却觉得不对——两个孩子不见了。

"孩子们上哪儿去了？"他问男主人。

"睡觉去了。"

"在哪儿睡觉？"孔繁森很疑惑，帐篷里并无孩子。

"在羊圈里。"

"羊圈？那是羊住的地方，孩子怎么能去那里睡觉？赶快把他们叫进来！"

"不要管他们。"男主人和妻子站着不动。孔繁森推开他们，拿起手电走出帐篷，快步来到羊圈边，只见两个孩子蜷缩在羊圈一角，身下铺了一堆干羊粪，身上盖了一件破羊皮袍子，身边偎了一群羊。羊圈虽然建在地势较高、背风向阳的地方，但三面只有矮矮的土墙，布满裂痕和豁口，一面有一道栅栏，上无篷顶，寒风凛冽，肆无忌惮地灌进羊圈。两个孩子冻得瑟瑟发抖，蜷成一团，根本睡不着觉，睁着大眼睛，望着天上的寒星。

孔繁森赶紧将他俩拉起来："快回帐篷睡觉，

冻坏了怎么办?"

男主人追过来,让孔繁森快回帐篷睡觉,不要管孩子。

孔繁森说:"让孩子进帐篷睡,我和翻译睡羊圈。"

"那怎么行?您是客人,应该睡帐篷,就让孩子睡羊圈吧!"

孔繁森二话没说,拉起两个孩子的手,走进帐篷,让他俩睡在新铺的氆氇上,盖上那件羊皮袍子。而他和男主人坐在帐篷的一角聊天,直到天亮。

红柳树

孔繁森身为地委书记,却没有一件像样的衣服,走在大街上,不认识他的人,会觉得这个人穿得很寒酸。殊不知,孔繁森一直保持着艰苦朴素、勤俭节约的优良传统。他说过这样一句话:艰苦朴素是共产党员的本色,领导干部不能有娇气,不能讲阔气。

有一天,他家里来了几位客人,有人瞅着他穿的那条裤子,都洗得发白了,就很惊讶地说:"孔书记,您这条裤子买新的也不到十块钱,您都快把它洗破了,怎么还穿呢?"

有人开玩笑说:"孔书记,您把好衣服都藏起来了吧?"

孔繁森说:"我哪有什么好衣服?不信你们看看。"

说着,他打开衣柜,大家一看,都傻眼了:衣柜里只有几件旧衣服,有的还打满了补丁。唯一一件像样的西服,平时他还不舍得穿,只有下乡或开会时才穿上。后来,他穿着这件西服,却不小心"引火上身"。

那天,他穿上西服去开会,走到院子里,看见那棵红柳树,好像发出了新芽。

这棵红柳树是他亲手栽下的,顽强地活了下来。孔繁森很高兴,他一直在研究怎样利用红柳树防风固沙。红柳树具有顽强的生命力,是阿里地区最常见的植物,能起到防风固沙的作用。后来,因人们盲目砍伐红柳树,引来了大自然的报复,风沙横扫整个噶尔县,层层沙丘快把县城淹没了。所以,孔繁森很关心这棵红柳树是否能存活。他站在树下,一手叉腰,仔细观察每一根树枝,每一片叶子。没想到,烈日当空,太阳灶的聚焦点正好对准他的肘部,将他的衣服烤煳了,用手一碰,衣服破了一个洞。

红柳树

孔繁森心疼极了,对着太阳说:"你怎么跟我过不去呀?我就这一件像样的衣服啊!"

开完会,他回到家,找出针线,在那件西服上打了块补丁。有人劝他:"孔书记,再买一件就是了。"

孔繁森说:"没必要浪费,就是打了块补丁,还不一样穿吗?"

从此,他照样穿着这件西服下乡、开会。

七月的一天,孔繁森带领工作小组下乡。晚上,他洗完澡,随手把内衣内裤洗了,晾在帐篷外面的绳子上。第二天早上,很多人站在那里,对着他的内衣内裤窃窃私语。不是亲眼所见,没人会相信,一个地委书记的内衣上,居然补丁摞着补丁。

孔繁森风趣地对大家说:"有补丁怕啥?反正穿在里面,别人也看不见。再说了,哪条法律规定,不能穿带补丁的内衣呀?"

第二天晚上,孔繁森把上衣洗了,他只有这一件单上衣,经常夜里洗,白天穿。可是,半夜下起雨来,天亮了雨还没停,他的上衣干不了了,只好借了一件穿上。

有一次，通信员见他工作太忙，便帮他洗衣服，发现一件背心破得不成样子了，布满了大大小小的洞，这还能穿吗？他便自作主张，偷偷地把背心扔掉了。

孔繁森整理衣物时，发现背心不见了，就问通信员："看见我的背心没有？奇怪了，好好的一件背心咋说不见就不见了呢？难道长腿跑了？"

通信员见他急得一头汗，只好说："我把它扔了。"

孔繁森一听急了："扔哪儿去了？快带我去找回来。"

背心找回来了，孔繁森亲手把它洗净晾干，又拿出针线包，一针一针地缝补好，就又穿到身上了。他对通信员说："这不又穿上了？多好，再买一件新的又能怎样？还得多花钱。背心嘛，穿在里面，破点旧点没关系，没人看见。"

他自己衣着朴素，从不舍得多花一分钱买衣服。对家里人，尤其对孩子们，要求也很严格，不允许他们穿太贵的衣服，一定要养成勤俭节约的习惯。有一次，他帮孔静和孔玲买裤子，一问价格，

红柳树

要二十元一条，他嫌太贵，就跟人讨价还价，最终三十五元买了两条。

卖裤子的人知道他是地委书记时，简直不敢相信：这么大的干部，还差五块钱？竟然跟他磨了半天嘴皮子。但他不知道，孔繁森虽然省吃俭用，但在救济生活困难的人时，从来不心疼钱。

在吃上，孔繁森更不讲究，填饱肚子就行，而且，他还有一条不成文的规定：饭菜不能剩，吃多少点多少，不许浪费一粒粮食。

他是一名干部，下乡视察工作时，却经常到拉面馆吃拉面，用他的话说，吃拉面快，节省时间，能多干点工作。他常常这样，一碗拉面填饱肚子，就一头扑到工作中去了。

儿子孔杰到阿里看他时，跟他下过几次乡。有一次，他们一行人走在戈壁滩上，快到中午了，每个人的肚子都饿得咕咕叫，只好停下来，用喷灯烧开水，泡方便面吃。下乡吃方便面，是孔繁森"发明"的，为的是不给牧民和当地政府添麻烦，而且少花钱。

可是，他们刚泡上方便面，还没吃，天气突

变，一阵狂风裹挟着漫天黄沙，猛烈地扑向他们。大家赶紧去捂住方便面盒，动作稍慢的方便面就被风刮跑了。有的虽然捂住了，但面里被风吹进了沙子，想扔掉又不敢，孔繁森在眼前，他要求大家将就着吃下，不能浪费。

他问孔杰："小杰，有什么感受？"

孔杰嘟囔了一句："没见过这种鬼天气，也没吃过这种方便面。"

孔繁森拍拍他的肩膀："这个地方很苦，但我们要有勇气去面对，为了提高牧民们的生活质量，我们现在吃点苦不算什么。"

天快黑的时候，他们赶到日喀则地区的拉孜县，接待他们的领导要安排吃饭，孔繁森摆摆手说："我们是下来视察工作的，不是来给你们添麻烦的。咱们更不能动用公款吃饭，我们自己带了饭。"

孔繁森和县委领导座谈了一会儿，就带领大家来到一家简陋的旅馆住下。已是晚上九点多了，大家都饿坏了，本来中午就没好好吃上一顿饭，有人期待着，孔书记会不会领我们出去吃点好的？

红柳树　95

可是，孔繁森却说："咱们就吃方便面吧！这次带了不少呢！"

大家面面相觑，孔繁森却起身去泡方便面，但旅馆没有开水了。大家心里一阵窃喜，这回总该领我们出去吃饭了吧？哪怕出去吃一碗拉面也好。所有人的目光都落在孔繁森身上，他扫了他们一眼，笑呵呵地说："先凑合一顿吧！明天我再请大家吃顿好饭。"

说着，他拿起一块方便面，咔嚓咔嚓地吃了起来，边吃边说："香！真香！"

心里住着孩子

人们都说，孔繁森的心里住着孩子。

有一次，孔繁森得知，尼木县卡如乡有这样一所村办小学，全校只有一名教师、六名学生，校舍很简陋，交通十分不便，这里的人很少与外界联系，外面的人也很少进来，这所学校的情况更是鲜为人知。孔繁森放心不下这里的老师和孩子们，决定去看望他们。他说："学校在那里，老师和孩子在那里，我们怎么能不去看看呢？"

孔繁森自己掏钱买了一些礼物：书包、铅笔、笔记本……他怀着对孩子们的爱，勇敢地上路了。

前方的路充满凶险，登上第一座山，孔繁森就出现了高山反应，嘴唇发紫，呼吸困难，浑身无力，双脚轻飘飘的，像踩在棉花上，每走一步都很困难。为了赶快见到老师和孩子们，他顾不上休息，咬牙坚持着，一步步往前走去。随行的工作人员都替他担心，前面还有好几座山呢！他的高山反应很严重，万一出点事，那可怎么办？于是，工作人员劝他回去，以后找机会再去。

孔繁森说："今天必须去看望孩子们。其实我早应该去了，心里一直挂念他们，吃不香也睡不好。咱们克服一下困难，争取早点赶过去。"

孔繁森他们走了几十里路，抬眼望去，群山连绵，周围一片空旷，透出无尽的苍凉。同行的一名藏族干部指着远处的山顶说："翻过那个山头，再穿过一道山谷就到了。"

孔繁森说："那我们加把劲，争取早一点儿赶过去。"

他走在前头，一路不停，带领大家登上山顶。那名藏族干部见孔繁森呼吸困难，脸色苍白，便说："咱们歇一会儿吧！反正离那个地方也不远了。"

孔繁森点点头说："那就休息五分钟。"

大家刚坐下来，突然，有人大叫一声："不好！暴风雪来啦！"

只见一团乌云，从远处的一个山头上翻卷而来，像一股潮水，迅速将那个山头淹没，伴着一阵狂风，厚厚的乌云铺天盖地，变成一头猛兽，张牙舞爪地扑向他们。孔繁森曾经不止一次遇到过暴风雪，他镇定地说："大家不要散开，赶快抱紧了躲起来。"

他和大家抱成一团，躲在一块巨石后面。眨眼间，天空暗下来，狂风夹着大片的雪花，倾泻而下。大家互相挽着胳膊，搂着腰，紧紧地拥在一起，陷入一片黑暗之中。狂风呼啸，雪花飞扬。气温迅速下降，寒冷把他们包围了，他们都冻得直打哆嗦，眼看就要冻僵了。过了一会儿，风雪停了，像接到一声命令，消失得无影无踪。天晴了，太阳出来了。孔繁森一看，大家都成了雪人。

他扑打一下身上的雪说："这点风雪，吓唬不住我们，继续往前走！"

他看了一下表，风雪从来到去持续了五分钟，孔繁森风趣地说："我说休息五分钟嘛！"逗得大

心里住着孩子

家哈哈大笑。

当孔繁森一行人来到学校时,老师和孩子们都惊讶极了。要不是孔繁森站在面前,他们简直不敢相信,一个地委书记,那么忙,心里还装着他们,竟然翻山越岭来看望他们。孩子们万分激动,欢呼着,把孔繁森围住了。孔繁森挨个问他们的名字,以及他们的学习成绩和家庭情况,并将带来的礼物分发给他们。孩子们很懂事,齐声喊着:"谢谢孔伯伯!"

孔繁森说:"伯伯早就应该来看你们,现在才来,是伯伯不对。伯伯以后还会来看你们的。"

孔繁森仔细询问了学校的情况,他把老师和孩子们的困难一一记在本子上。

他对老师说:"我会想尽一切办法,解决你们的困难。请你安心教学,希望孩子们好好学习,我还会来看你们的。"

回去后,孔繁森一有时间,就去走访辖区内的学校,给广大教职工和学生们解决了许多实际困难。他常对身边的工作人员说:"孩子是祖国的未来,心里要时刻装着孩子们。"

孔繁森在阿里工作时，一天上午办公室临时开会，大家都到齐了，唯独不见他。有人说："孔书记上哪儿了？早上吃饭的时候，我们还在一起。"

原来，有个地区发生了传染病，虽然地区医院的医护人员都赶了过去，但孔繁森还是不放心，便乘车赶往。一进暴发传染病的地区，他就遇到两个患者，那是兄妹两人，年纪都很小，父亲已因病去世，而兄妹两人的病情也很严重，口鼻出血，神志不清，再不及时抢救，就会出现生命危险。

孔繁森对班久院长说："快，立即抢救！"

说完，他和班久院长一人抱起一个孩子，放到自己的车上，掏出手帕，为孩子们擦拭流出的鼻血。

他命令司机小杜："快开车！送孩子去地区医院抢救！"

小杜担心地说："孔书记，孩子们恐怕不行了！"

孔繁森大吼一声："快开车！赶紧救人！"

小杜吓得一踩油门，车子快速往前驶去。通过后视镜，他看见孔繁森将孩子抱在怀里，不停地给他们擦拭鼻血。

到了医院，孔繁森忙着挂号，组织人员展开抢救，他一直在医院等，直到两个孩子脱离了生命危险才离开。临走，他还不忘嘱咐医生："一定要照顾好他们。有什么情况，赶紧给我打电话。"

孩子们住院期间，孔繁森经常去看望他们，给他们带去一些好吃的。有时候，他自己没时间，就安排通信员小梁去看他们，并嘱咐小梁："地委食堂做好吃的，你就买一些给他们送去。"

得知孩子们喜欢吃饺子，有一天地委食堂赶巧包了饺子，孔繁森就打了两份，亲自给他们送去。有时家里做了好吃的，他也忘不了孩子们，安排小梁给他们多送些去。

一天，孔繁森家里来客人，吃完饭后，通信员小梁将剩饭打了包，准备给两个孩子送去，他叫住小梁："你等等，怎么能给孩子们送剩饭呢？你的父母让你吃剩饭吗？"

小梁赶紧将打包的剩饭放下。孔繁森又说：

"待会儿我做点饭,你给他们送去。"

不久,孔繁森要到外地开会,会期很长,他放心不下医院里的两个孩子,就把地委副书记叫到身边,说:"从现在开始,这两个孩子就交给你啦!替我照顾好他们。"

两个孩子恢复得很好,他们的母亲对孔繁森说:"我的丈夫去世两个月了,如果这两个孩子再有个三长两短,叫我怎么活呀!孔书记,您真是我们的救命恩人哪!"

孔繁森说:"咱们是一家人,所有藏族群众的孩子就是我的孩子,我会尽最大努力照顾好他们。"

很少有人知道,有个藏族小女孩,让孔繁森留下了深深的遗憾。他下乡时认识的这个小女孩才十岁,能歌善舞,嗓音甜美。那次她站在草地上,唱歌给大家听,孔繁森坐在她对面,听得如痴如醉。等她唱完了,孔繁森鼓励她好好唱歌,说不定将来能成为一名歌唱家呢!他举起相机,给小女孩拍了一张照片。可是几个月后,这个小女孩生病,治疗不及时,离开了人世。孔繁森得知这一消息后,悲

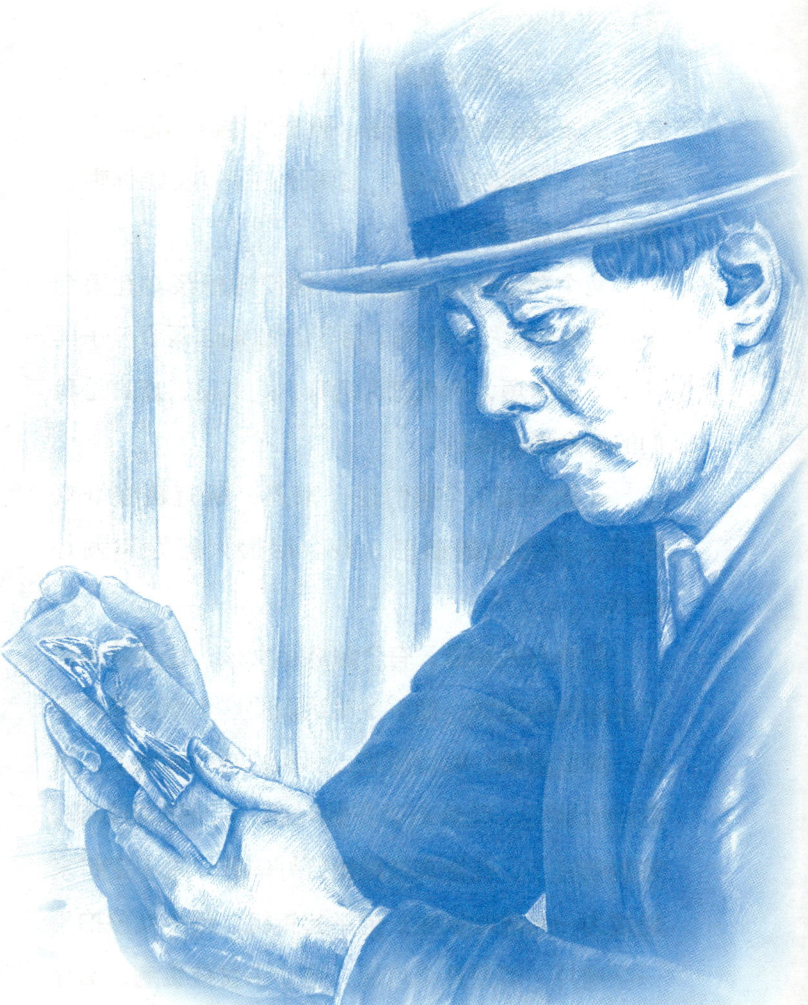

痛不已。他将小女孩的照片装在文件袋里，经常拿出来看。从此，他总是想尽一切办法，不断为缺医少药的地区改善医疗条件。

世界上最美丽的地方

孔繁森喜欢摄影,西藏美丽而独特的风光深深吸引着他。每次下乡,他总是带着相机,不失时机地抓拍景物,拍摄了很多优美的摄影作品。他经常跟别人讲:"我要尽可能地把西藏的美丽风光都拍下来,展示给世界看,让全世界的人都知道,中国西藏是一个最美丽的地方。"

孔繁森的摄影技术很高,无论从选景、取光还是创意方面,几乎达到专业水平。他经常开玩笑地说:"我的有些摄影作品,能拿国际大奖。"

此言不虚。比如,他抓拍到一组"鹰犬争兔"的照片:空旷的戈壁滩上,一只野兔一路逃窜,一只猎犬在后面紧紧追赶,一只老鹰在空中盘旋,猎犬和老鹰都盯住同一只猎物——兔子。只见老鹰一个俯冲，叼起兔子离开地面，猎犬一个跳跃，扑向空中，想从老鹰口中夺回兔子。可是，老鹰飞向高空，猎犬呼呼地喘着粗气，无奈地看着老鹰和兔子……

孔繁森对这组照片很满意，一提起来就满脸兴奋。他说："我拍的不仅是老鹰、猎狗和兔子，还有西藏的天空。"

在西藏阿里三十多万平方公里的土地上，分布着无数个大大小小的湖泊。班公湖就像是镶嵌在阿里高原的一颗明珠，它以闻名遐迩的班公湖鸟岛吸引着无数国内外游客。

班公湖是一个内陆湖，湖上分布着大大小小的岛屿，岛上许多鸟类是国家级保护动物。班公湖因地处高原偏僻之地，少有人迹，湖区又没有天敌，形成了品种繁多、色彩斑斓的鸟类世界，成为鸟类的世外桃源。湖中小岛面积不大，到处都是石灰碎块，遍地是鸟粪，有些地方已堆积了厚厚的一层，鸟的羽毛更是随处可见。

每年五月到九月，是观鸟的最好季节。班公湖鸟岛是阿里高原乃至全西藏的一个著名旅游景点，这里是自然界的一块净土，是鸟的王国，这里没有天敌，没有干扰，只有祥和与宁静。这里的天然大屏障将鸟岛与外界隔离，使阿里高原的这一特殊自然景观得以完整地保存。

孔繁森还没去西藏的时候，就听说过这个著名的班公湖。他到阿里上任不久，有一次下乡经过班公湖，他对同事们说："走，过去看看。"

来到湖边，他对通信员说："难得来到这里，给我和同事们拍照留念吧！"

通信员刚端起相机，这时，飞来几只斑头雁，在他们身后不远的地方，跳来跳去地觅食。孔繁森对通信员说："先等等，不要拍我们，把相机给我，我先给它们拍几张照片。"

通信员说："孔书记，这里有的是鸟儿，够你拍的。"

孔繁森说："哈哈，照相要学会抓镜头，你没看见吗？这几只斑头雁落下的地方多美呀！"

孔繁森拍了几张照片，回过头对大家说："这么多鸟儿，我们要想办法保护好它们。还有这湖

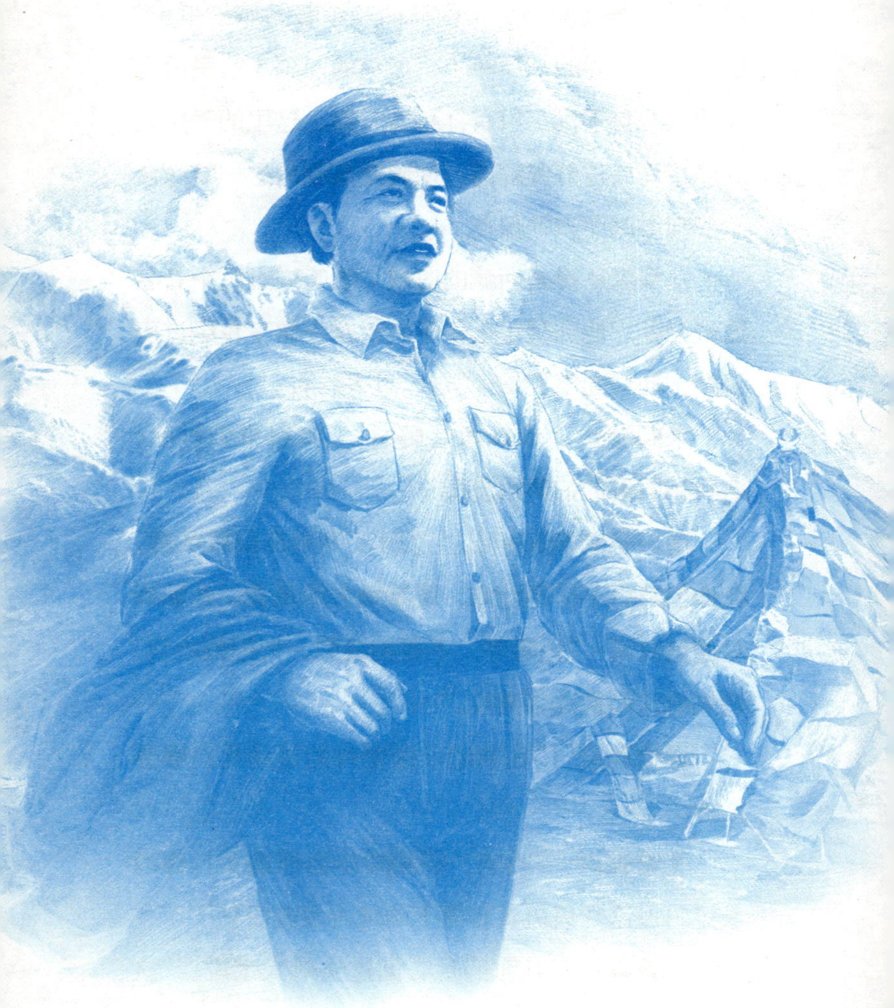

水，多么清澈啊！一定要防止污染。"

他小心翼翼地往前走着，弯腰捡起地上的鸟卵，欣赏一番，又轻轻放回原处。遇上正在孵卵的鸟儿，他提醒大家，千万不要惊动它们，绕开它们走。

有个工作人员特别喜欢这里的鸟卵，随手捡了几枚，准备带回去留作纪念，孔繁森走上前去，一伸手："给我。"

工作人员将鸟卵递给他，问："孔书记，您也喜欢鸟卵？这东西挺好玩的。"

孔繁森冲他一笑，弯下腰将鸟卵放回原处，说："这个可不许带走，我刚才不是说了吗？要保护鸟儿。"

他又四处看了看，对大家说："这里的游客很多，已经影响了鸟儿们的生存环境，我们要尽快想办法保护好这个鸟岛。"

他建议在鸟岛上修建几条人行道，尽量不干扰鸟儿们的正常活动。

孔繁森不光把阿里的人民当作亲人，阿里的一草一木都牵动着他的心，他把鸟儿的安危、保护鸟儿的生存环境，时刻放在心头。

有一天，孔繁森乘车到日土县视察工作，路过一个湖泊，只见许多鸟儿在湖畔栖息，他意味深长地说："鸟儿喜欢在这里生活，就是因为这里的生态环境好。"

突然，后面传来几声枪响，孔繁森立即让司机停车，问："哪里打枪？"

司机说："是不是有人在打鸟啊？"

"赶快往回开，过去看看。"

汽车掉头往回开，刚开出不远，孔繁森就看见几个人，站在湖边打鸟取乐。他急忙赶过去说："鸟儿也是我们的朋友，怎么能打它们呢？这里面有很多珍稀鸟类，我们要保护它们，不能伤害它们。"

那几个人认出他是孔繁森，是人们心目中的好书记，没想到在这个地方跟他见面了。他们很高兴，纷纷向他问好，并且一个个低头认错，表示再也不打鸟了。孔繁森借机跟他们聊了一会儿，问了问他们的生活情况，这才上车离开。

一会儿，路过一个兵站，孔繁森说："下去看看这里的干部战士。"

他刚走到营房门口,就看到墙角有一只羽毛蓬松的小鸟,没精打采地扑棱了一下翅膀。他走过去,轻轻地将小鸟捧在手中,带到营房的火炉旁,对一个战士说:"小鸟可能生病了,或者冻坏了,先让它暖和一下。"

这个战士说:"孔书记,小心点儿,小鸟别是害了什么传染病。"

孔繁森想了想,找来一个小簸箕,把小鸟放在里面,然后放到营房外的太阳下面。临走时,他叮嘱战士们:"好好照顾这只小鸟。"

藏族朋友

孔繁森任阿里地委书记时,地委宣传部外宣科有一名科长,名叫嘎尔玛,是个藏族人,五十多岁了,为人忠厚,工作责任心很强,文笔也很好。但他有一个缺点——爱喝酒,每天喝半斤白酒,经常喝醉,带酒上岗工作,醉态十足,引起不少人反感。为此,老婆跟他离了婚,他一个人过日子,更没人管了,整天喝得摇摇晃晃。一次,他又喝多了,走在结冰的马路上,摔了一跤,造成腿部骨折。

因为喝酒,他还闹出不少笑话。国庆节期间的一个夜晚,他又喝醉了,躺在床上迷迷糊糊的,突然听到窗外刮起一阵阵的大风,吹得树梢哗哗地响。他从床上爬起来,把窗户关严,只觉得天旋地转,站立不稳。他觉得这是要地震了,便急忙给地委领导挨个打电话,把大家折腾得一晚没睡好觉。

第二天上班,有人将这件事反映到地委书记孔繁森那里,说这个干部不称职,每天醉成那样,哪还有个领导干部的样子!再这样下去,要误事的。

孔繁森说:"这个事我知道,他昨天晚上也给我打电话了。我一听他喝醉了,也没多说什么,安抚他好好休息。在我看来,嘎尔玛是个人才,自有他的长处,我们这里缺乏文笔好的干部,对他要多关心。他年纪大了,又是单身,我们要给他一些温暖,让他从孤独中解脱出来,这样他就不会借酒浇愁了。"

后来,孔繁森又专门找嘎尔玛谈话,劝他少喝酒,多工作,保重身体。孔繁森对他的宽容和关心让他很感动,他连声说:"孔书记,我错了!我错了!以后我戒酒。"

嘎尔玛说到做到,真把酒戒了,一心扑在工作上,获得大家的一致好评。嘎尔玛逢人就说:"是孔书记改变了我,他就像太阳一样照耀着我。"

一天中午,地委食堂包了饺子。孔繁森匆匆吃完后，又买了一份准备给嘎尔玛送去。嘎尔玛这几天生病了，卧床不起，连吃饭都成了问题。

一个工作人员说："孔书记，您休息一下吧！我去给他送饭。"

孔繁森说："还是我去吧！本来早该去探望他。"

到了嘎尔玛家，孔繁森把热气腾腾的水饺端到他床头，扶他起来吃饭，嘎尔玛激动地说："孔书记，吐其切[①]！吐其切！"

嘎尔玛家里很乱，到处堆满了书，也不收拾。孔繁森帮他整理了一下零乱的书籍。

嘎尔玛不好意思地说："孔书记，让您见笑了。您看我这个家，又脏又乱。"

孔繁森却夸赞他："嘎尔玛果然是个读书人，怪不得文笔那么好。阿里的领导干部都应该像你这样，多看书，多学习。"

一九九四年十一月二十九日，孔繁森不幸殉职。当天晚上，嘎尔玛回家后，提笔写纪念文章。他打开了一瓶酒，一边喝酒，一边哭。两天过去

---

① 藏语，谢谢。

藏族朋友

了，人们不仅没见到他写的文章，而且连他的影子也没见到。地委宣传部领导感到不妙，安排人赶到他家，翻墙进去，只见嘎尔玛躺在地上，动弹不得。原来，他喝醉了酒不慎摔倒在地板上，肋骨受伤，就这样躺了两天两夜，脸上布满泪痕，地上全是破碎的酒瓶和酒杯，桌子上放着一张孔繁森的照片，还有几页没写完的稿子。

送他去医院的路上，地委宣传部领导本想批评他几句，还没张口，嘎尔玛抓住他的手说："部长，我想念孔书记啊！孔书记走了！我也不想活了！"

部长安慰他说："你要坚强一些，只有好好生活，努力工作，才能对得起孔书记对你的关怀和教诲。"

嘎尔玛哽咽着说："我工作了三十多年，没见过像孔书记这么好的领导，可他怎么就走了呢？我想他呀！"

这个五十多岁的藏族汉子，竟像个孩子一样，哇哇大哭起来。

在孔繁森的告别仪式上，有个人自称是孔繁森的老朋友，他年事已高，极少外出活动，却不顾众人的阻拦，非要亲自到现场送送孔繁森，他站在孔繁森的遗像前，双手合十，泣不成声。

他就是阿里地区政协副主席、地区藏医院院长、爱国宗教人士、老活佛丹增旺扎。他乐善好施，不仅在佛教方面造诣很深，还是阿里一带有名的神医，深受藏族群众的拥护与爱戴。

阿里地区的医疗卫生条件比较差，孔繁森很关心这件事，生前多次去拜访这位老活佛，认真听取他的意见，和他一起探讨如何解决牧民看病难的问题。

有一次，孔繁森背着小药箱下乡，一直忙到深夜，他顾不上休息，连夜去看望老活佛丹增旺扎。

随行的工作人员劝他："时间太晚了，我们下次再去吧！"

孔繁森说："不行！我有很多关于医疗方面的问题，需要向他请教。"

当孔繁森一行人从丹增旺扎家出来时，已是凌晨一点多钟了。丹增旺扎感动地说："我活了这么大年纪，像孔繁森这样的好书记，我还是第一次见到。他满怀慈悲之心，是牧民们的福音啊！"

孔繁森经常去看望丹增旺扎，向他征求民族宗教工作的建议。有一次，他专程赶到活佛的寺庙，不巧的是，活佛正在修行。喇嘛一看是孔书记来了，忙着要去通报，孔繁森说："不用了，不要打扰活佛的修行，我在外面等等。"

于是，他从中午一直等到黄昏，高原的落日洒下一片金辉，罩在寺庙和他的身上。丹增旺扎被孔繁森虚心求教的精神深深感动，他不仅为地委的工作提出一些良好的建议，而且动员各地寺庙为受灾群众捐钱捐物。

一九九五年五月，中央电视台《孔繁森》专题片摄制组准备采访丹增旺扎，但大家心里都没底，这位老活佛平时总是闭门谢客，很少与外人打交道，此前就有不少人碰过钉子。可出乎意料的是，老活佛听说要来采访孔繁森的事迹，立即热情地邀请记者到他家中。

他面对摄像机，一提起孔繁森，眼泪就流了下来，在场的人无不动容。他第一句话就说："我从心底崇拜孔书记，他爱国护民，是共产党的大本布拉，亚古都！"

警卫员和通信员

孔繁森关心教育的事迹很多,他同样重视身边的人,不断地对他们的学习和进步提出更高的要求。

孔繁森的警卫员叫崔健勇,一九八九年三月入伍,是一名老兵了。他工作认真细致,勤勤恳恳,备受称赞。孔繁森有晚上加班和看书的习惯,崔健勇就陪在他身边,尽职尽责。但孔繁森似乎对他不太满意,言语之间常常透出批评的意味。崔健勇不知自己什么地方做得不好,又不敢问他。

有一次,孔繁森忙完手头的工作,坐在办公桌旁,打开一本书看起来。崔健勇给他泡了一杯茶,孔繁森放下书,看着他不说话。崔健勇的心里直打鼓，难道我做错了什么？一时间，他有些手足无措。

孔繁森笑了，和蔼地说："小崔，咱俩聊聊天吧。"

崔健勇松了一口气，连连点头。

孔繁森又说："你当兵前的学历不高吧？"

崔健勇不好意思地低下头。孔繁森说："你还年轻，前程远大，不能忽视学习啊！不能因当兵而当兵，趁着好年华，应该加强学习，提高自身素质，只有这样，才能为国家做出更大的贡献。"

崔健勇说："我想过这件事，也经常看您不论工作多忙，都不忘读书、学习。可我不知道该怎样学习，一点头绪都没有。"

孔繁森说："有这个想法就很好，从现在开始，我先帮你养成一个读书的习惯，你自己也要抓紧时间学习文化知识。"

从那天开始，孔繁森耐心地指导崔健勇学习，并根据自己的学习经验，帮他整理了几条学习方法。一是要多给亲朋好友写信；二是速记新闻节目；三是坚持每天写日记，把自己的想法、每天的见闻、工作中的感受记下来,这样才能提高写作能力;四是利用所有的空闲时间多读书,从书中汲取更多的营养,提高自己的文化素养。

在孔繁森的指导下,崔健勇开始用功学习,坚持读书,一有时间就去书店买书,有时向孔繁森借书看。不仅如此,他每天写日记,速记新闻节目,经常给亲朋好友写信,并攻读完了一些专业课程。后来,崔健勇工作积极,成为一名出色的领导干部,《西藏日报》、西藏电视台多次报道他的先进事迹。

崔健勇说:"我今天的成绩,都得益于孔书记的教诲和帮助,是他将我扶上战马,又送了一程。"

还有一位叫梁福兴的战士,一直给孔繁森当通信员,是位很能干的小伙子。孔繁森不遗余力地培养他,特别是在文化学习和思想进步方面,对他要求非常严格。

有一年快要过春节了,孔繁森好不容易腾出一点儿时间,把梁福兴叫到跟前,跟他做了一次长谈。

孔繁森说:"你当兵满三年了,算是位老兵了,对未来有什么想法?有没有考学的打算?总不能当一辈子兵吧!"

梁福兴说:"我有一个考大学的梦想。"

孔繁森说:"好啊!那就抓紧时间学习。"

梁福兴面露难色:"可是我基础太差了,担心考不上,一直不敢下决心。"

孔繁森说:"一个人要有理想,既然有了理想,那就勇敢地去追求。只要付出,总有回报嘛!光想不做,什么理想也实现不了。"

在他的鼓励下,梁福兴鼓起勇气,报考了军校。

为了提高他的学习成绩,孔繁森帮他制订学习计划,为他请了一名辅导老师,并且帮他找来一些学习资料。可是,梁福兴白天忙工作,晚上学习,感到很累,有时候,他学着学着,就趴在桌子上睡着了。孔繁森很生气,多次批评他,希望他咬牙坚持,学习要有不怕吃苦的精神。

三个月后,由于学习压力大,加上气候恶劣,梁福兴的身体出现了状况,浑身乏力,记忆力急剧下降，鼻子也经常流血。孔繁森领他去医院检查了一下身体，又去药店买了几盒提高身体免疫力的口服液给他喝，帮他恢复体能。

阿里的气候很难让人适应，孔繁森本来就有高山反应，加上连日操劳，身体变得很虚弱。梁福兴很清楚，为了工作，孔书记的身体都要累垮了，还要关心他的学习生活，无形中又增加了负担。但孔繁森对待他就像亲生孩子一样，无论多苦多累，都对他关怀有加。梁福兴深受感动，不知说什么才好。

梁福兴留出几瓶口服液，对孔繁森说："孔书记，您工作这么忙，身体吃不消，您也喝点口服液吧！"

孔繁森笑着说："傻孩子，你比我更需要它。我又不考大学，喝了浪费。要不是为了让你恢复体力，好好学习，将来能考上大学，我才不去花钱买口服液呢。喝吧！一天两瓶，不够我再给你买。"

梁福兴眼含热泪地说："孔书记，请您放心，我一定刻苦学习，决不辜负您的期望！"

为了让梁福兴节省时间，安心学习，很多工作孔繁森都替他干了，包括每次开饭，孔繁森都帮梁福兴把饭端回来。

梁福兴要去拉萨参加考试了，孔繁森把家里所有的营养品拿出来，全部送给了梁福兴，让他多吃点营养品，保持充沛的精力，争取考过。

在孔繁森的关怀与鼓励下，梁福兴以优异的成绩考取了西安武警技术学院。

梁福兴要去上学了，报到那天，孔繁森亲自到车站去送他，一再叮嘱他："一定要好好学习，尊重领导，团结同学。生活上有什么困难，一定告诉我。"

梁福兴真舍不得离开孔繁森，他在心里已经把孔繁森当成自己的父亲。他流着泪说："孔书记，我不想上学了，就想陪在您的身边。"

孔繁森脸色一沉："净说傻话，好不容易考上大学，怎能说放弃就放弃呢？"

说完，孔繁森转过身去，抹了一把眼泪。

一起下乡

孔繁森的儿子叫孔杰,上学时,他学习很用功,门门功课成绩都很优秀。那年,孔繁森在莘县工作,离家很远,为了让孔杰好好念书,他把孔杰接到了身边,一有时间就督促他学习。但孔繁森平时工作很忙,经常顾不上孔杰,又担心他成绩下降,便想了个办法,在办公室安了张床,算作父子俩的临时卧室。这样,孔繁森在办公室能多抽出点时间检查孔杰的作业。

小小的办公室里,父子俩挤在一起"办公",各忙各的,常常到深夜。有一次,孔繁森批阅完一份文件,孔杰正好完成一份作业。孔繁森拿起他的作业本一看,脸色便沉下来。

孔杰心想：爸爸好像不高兴了，不会是作业出什么差错了吧？孔繁森又将作业本翻了翻，一脸严肃地问他："小杰，我问你，这是从哪里拿的本子？"

"从秘书王叔叔那儿要的，我的作业本不够用了，就向他要了一个本子，您光忙您的事了，我的作业本早用完了，您也不去给我买。"

"小杰，爸爸工作忙，一时忘了给你买作业本，这是爸爸的不对。可是，你知道吗？你手头的这个本子是办公室的工作记录本，这是县委的办公用品，不能私自乱用。换句话说，这是公家的东西，不能据为己有。"

"爸爸，我懂了，您以前给我们说过，不能拿公家的东西，可我的作业本用完了呀！这不是急着写作业吗？"

"孩子，你明天就把本子还回去。爸爸一定去给你多买几个作业本。而且，不光买作业本，哈哈。"

"爸爸，还买什么？"

"好吃的。哈哈。"

"太好啦!"

第二天,孔杰送回了记录本,孔繁森挤出一点儿时间,到文具店买了几个作业本,并买了一些好吃的,送给孔杰。晚上,在柔和的灯光下,父子俩开始"办公",偶尔相视一笑。

一晃几年过去了,孔杰大学毕业,被分配到地方税务局上班。孔繁森也早已离开莘县,来到西藏阿里工作。

孔杰很长时间没看见爸爸了,十分想念。这一天,他约了同学李强,一起到阿里探亲。

孔杰见到爸爸的第二天,就央求爸爸带他和李强出去转一转,欣赏一下阿里的风光。

孔繁森对他说:"爸爸工作很忙,没有时间陪你们。"

孔杰说:"我们大老远来了,您工作再忙,也不能不管我们呀。"

孔繁森想了想说:"这样吧,我正准备下乡视察工作,你们就随我一同去吧!沿途有几处风光,你们可以拍拍照。这样既不耽误你们玩,也不耽误我的工作。"

他们来到冈底斯山脚下,冈仁波齐峰高耸入云,大家纷纷拍照,孔杰和爸爸在这里拍了一张合影。

李强面对神山,开玩笑般地摆出一副祈祷的架势,口中念念有词:"神山啊神山,让我成为百万富翁吧。"

孔繁森听见了,微微一笑,用略带批评的口吻说:"年纪轻轻的就有拜金思想,这可不好,我看还是让你早点考上研究生吧!"

接着,他转头问孔杰:"你心里怎么想?"

孔杰说:"还没想好呢!"

忽然,孔繁森想起什么,问孔杰:"小杰,你谈对象了吗?"

孔杰红着脸不好意思说。李强嘿嘿一笑,对孔繁森说:"有个姑娘不但长得漂亮,而且,她的父亲是税务局局长呢!这么好的条件,人家追他,小杰却一点儿都不主动。"

孔繁森笑着问孔杰:"你已经到谈恋爱的年龄了,为什么不能主动一点儿?"

孔杰的脸更红了:"我觉得我还小,不着急,工作为重。"

孔繁森哈哈一笑，跟孔杰开起玩笑："这可不是当年了，咱爷儿俩挤在一个办公室，我光顾着批文件，你光埋头写作业。今天，你都参加工作了，该考虑一下婚事了。你不急，我可急了。她家里条件好，你爸我可没钱，恐怕连新房都给你买不上，再不抓紧，姑娘就让别人抢去了。"

一番话，逗得大家哈哈大笑。孔繁森继续对孔杰说："小杰，有没有想过来阿里的税务局工作？年轻人要支援地方建设啊！"

孔杰说："这个地方太苦了，谁愿意来呀！再说这里的税收上不去，在聊城税务局，光经我手的税收就有几千万，相当于你们阿里地区一年的财政收入，我来这里怕无用武之地。"

孔繁森收起笑容，沉吟半晌，慢慢地说："你们这些年轻人啊，身上缺少一种东西。"

孔杰问："什么东西？"

孔繁森说："吃苦精神。"

接着，孔繁森话锋一转，问孔杰："对了，你姐没埋怨过我吧？你也看见了，我工作太忙了，

一起下乡

你姐结婚我都没时间回去，弄不好这孩子记恨我呢！"

孔杰不满地说："您还知道问这事，您想想，我姐心里能好受吗？您这个当父亲的，就知道工作，连自己孩子的婚礼都没时间参加。为这事我姐都哭过。"

孔繁森沉默了，心里涌上一丝对儿女的愧疚。许久，他才喃喃地说："唉！这是我这个当父亲的失职啊！你跟孔静好好说说，爸爸很想回去参加她的婚礼，但实在抽不出身来，爸爸在这里祝福她。唉！真委屈了孔静这孩子……"

孔繁森第二次援藏期间，小女儿孔玲跟随妈妈来过青藏高原，看望孔繁森。那年孔繁森在拉萨工作，他见到妻子和女儿，非常高兴。他对孔玲说："明天爸爸带你和妈妈逛逛八廓街，再看看布达拉宫。"

孔玲听了，高兴得蹦跳起来。不去布达拉宫，相当于白来一趟西藏。孔玲迫切地想要看到布达拉宫，晚上睡觉时都盼望天快些亮起来。天一亮，她就可以跟着爸爸出去玩了。对她来说，到哪里逛，看什么风景并不重要,重要的是,有爸爸在身边陪着她和妈妈。她已经很久没见到爸爸了,爸爸也很久没带她玩了。可是,第二天天不亮,孔繁森就到外面开会去了,一天都没回家。接下来的日子,爸爸又早出晚归,天天下基层,把孔玲和妈妈晾在家里,根本顾不上她们母女俩。孔玲不高兴了,天天噘着小嘴。

王庆芝对孔繁森说:"我就罢了,你就不能拿出点时间,陪陪孩子?"

孔繁森说:"最近实在太忙了,要不这样吧,我安排咱们的老乡杨庆春先陪你们出去转一转,等我忙过这阵儿,再好好陪陪你们。"

王庆芝说:"你忙你的,我倒不要紧,只是孔玲这孩子太需要父爱了……"

孔繁森连忙说:"放心!再忙几天,我一定带孔玲多出去走走。"

孔繁森把杨庆春叫到身边,说:"辛苦你了,麻烦你先带你嫂子和玲玲出去逛逛,我今天下乡,实在腾不出空来。"

杨庆春点点头说:"没问题。不过,嫂子和玲玲不远万里来看你,再忙也得多陪陪人家嘛!下乡比这还重要吗?你什么时候不能下乡?"

孔繁森说:"你不懂,我今天要到墨竹工卡看望两位孤寡老人,前些天我答应过他们。"

杨庆春想了一个办法,由他开车拉着孔繁森一家人,一块去墨竹工卡,既解决了孔繁森下乡的问题,又可以带王庆芝母女领略西藏风光。孔繁森觉得这个主意不错,便到商店买了些礼品,和妻子、女儿一起,乘车赶到波拉、姆拉两位孤寡老人家。

两位老人激动地拉着孔繁森的手说:"我们在等您哪!知道您一定会来看我们。谢谢孔市长。扎西德勒①!"

两位老人衣衫褴褛,波拉还赤着脚,连双袜子都没有。孔繁森将自己的袜子脱下来给他穿上。然后,他对妻子说:"庆芝,把你身上的这件外套送给姆拉吧!回去我给你买件新的。"

王庆芝见姆拉可怜,急忙脱下外套给她披上。她对孔繁森说:"你不用给我买外套了,省点钱,

---

① 藏语,表示欢迎、祝福吉祥的意思。

多帮帮老人们吧!"

孔玲说:"爸爸,等我长大了,也要像您一样,好好照顾老人们。"

一个星期天,孔玲心想:我们来了一段时间了,爸爸今天该带我们去逛逛拉萨了吧?

可是早晨一起床,孔繁森便和王庆芝忙起来,又是剁肉,又是切菜,蒸了两大锅包子和一锅馒头。然后,孔繁森借了两辆自行车,一家三口,用自行车驮着包子和馒头,去拉萨的敬老院看望老人们。路上,孔繁森对孔玲说:"看望完老人,爸爸就带你和妈妈逛逛拉萨。"

孔玲说:"我今天一定要看到布达拉宫。"

孔繁森说:"没问题,爸爸向你保证,不光让你看到布达拉宫,还要给你讲布达拉宫的故事。"

一个月零四天

一年夏天，小女儿孔玲准备到拉萨去看望爸爸孔繁森。在去之前，王庆芝给孔繁森打过电话，让他准备一下，最好能到机场接她们。

孔玲很久没见到爸爸了，梦里都在想念爸爸。在飞机上，她问妈妈："爸爸会到机场接我们吗？"

妈妈说："你爸爸在电话里说，尽量安排时间，争取能到机场接我们。"

孔玲说："爸爸总是那么忙，我担心他说话不算数。"

妈妈说："你爸爸在阿里工作，万一抽不出身来，咱们也不要怨他。"

孔玲说："上次我们来拉萨，那时我还小，待了好长一段时间，爸爸都没拿出点时间陪我出去玩，这次他一定要陪我。"

她透过飞机舷窗，看到一朵朵白云飘过，蓝天下面是一片神奇的土地，恍惚间，她看见一望无际的戈壁滩、冈底斯山、喜马拉雅山、雅鲁藏布江、牧区、湖泊、雪峰、草地……到处闪现着爸爸忙碌的身影。她甚至这样想：爸爸在阿里工作，这个地方被称为"世界屋脊的屋脊"，此刻，说不定爸爸正站在那里，仰望着蓝天，等待她们飞来……

孔玲对妈妈说："我觉得爸爸这次一定会来机场接我们。"

妈妈笑了笑，没说话。孔玲俏皮地说："咱俩打赌吧！我认为爸爸会到机场接我们的。"

妈妈依然笑着说："听他在电话里的口气，应该会有时间来机场的。"

孔玲高兴地拍起手来："太好啦！"

如果一下飞机，一眼看见爸爸，那该是一件多么幸福的事啊！她满怀期待。

飞机在贡嘎机场降落。孔玲四处张望，半天没见到那高大熟悉的身影。她着急了，对妈妈说：

"快帮我找找爸爸。"

她想起爸爸喜欢戴帽子，冬天戴一顶礼帽，夏天戴一顶草帽。她的目光投向所有戴帽子的人身上，依旧没有看见爸爸。

这时，一个中等身材的年轻人来到她们面前，他对王庆芝说："我是孔书记的通信员小马，孔书记在阿里的札达县检查工作，实在抽不出身来，就安排我来接你们。"

孔玲感到很失望，赌气地把头扭向一边。妈妈安慰她说："你爸爸有工作在身，怨不得他。这回我跟他好好说说，你来的这段时间，让他多陪陪你。"

可是，到了拉萨，一连十几天，她们都没有见到孔繁森，每天只能通过电话听听他的声音。孔繁森每天都会往家里打电话，关心王庆芝的身体，询问孔玲的学习情况。每次他都满怀歉意地说："阿里这边有一大堆工作等我去做，忙完这几天，我立刻赶回去看你们。耐心等我啊！"

孔玲生气了，有时候爸爸来电话，她都不想去接。她对妈妈说："光听声音见不到人，有什么用啊？爸爸心里光装着工作，哪还有我们！"

她嘴上这么说，可放下电话，对爸爸的思念更深了。晚上睡觉，她一次次梦见爸爸，有时真不愿醒来，她只能在梦里跟爸爸相聚。

又过了几天，孔繁森还是没有回来，王庆芝的身体却出现了状况。她的身体本来就很虚弱，难以适应当地的气候，加上强烈的高山反应，让她感到头晕恶心、四肢无力，每天躺在床上，动弹不了，洗衣做饭的事全交给孔玲了，可孔玲还要抓紧时间复习功课啊！王庆芝心里很难受，多么希望孔繁森能赶快回来，陪在她们身边。

尽管如此，她还是嘱咐孔玲："不要跟你爸爸说我病了的事，免得他工作上分心，咱们不能拖他的后腿。"

孔玲说："您身体不好，爸爸应该回来看看您，咱们可是他的亲人啊！"

王庆芝说："你爸爸的亲人不光有我们，他把藏族群众都当自己的亲人。这么多年了，你还不了解你爸爸吗？"

她嘴上这么说，可每当深夜，趁孔玲熟睡的时候，她就忍不住流下眼泪。她多么想靠在丈夫的肩膀上，哪怕一分钟，对她也是一种安慰。

这天晚上，孔玲不顾妈妈的劝阻，抓起电话跟爸爸说："爸爸，您心里还有家人吗？从小您夸我聪明，最喜欢我，可是，我却很少见到您，很少感受到父爱。我就要考大学了，这是我人生最关键的时刻，您心里应该清楚。我需要您的鼓励，您的支持。妈妈身体又不好，无论从哪方面讲，您都应该回来看看我们啊！爸爸……"说着，孔玲泣不成声。

孔繁森在电话里说："孩子，你要坚强一些，人生的路很漫长，越是出现困难的时候，越要坚定信心往前走。爸爸相信你一定能考好。爸爸欠你们的，会想办法补偿，但是，阿里有很多紧要的工作等着我去做。爸爸这些天坚守在岗位上，因为这关系着六万牧民的生存大计啊！爸爸每天都在心里祝你考试顺利！也希望你照顾好你妈妈的身体。我一定抓紧时间回家……"

孔玲听到爸爸的声音哽咽了。

一天晚上，王庆芝突然发烧，脸色苍白，浑身疼痛难忍，胃里很不舒服，一连吐了好几次，最后，吐出一口鲜血。孔玲急得六神无主，急忙给爸爸打电话。孔繁森一听，脑子里嗡的一声，一阵眩晕，差点瘫倒在地。他抓起话筒，立即给医院打去电话，安排抢救。他放下电话，又迅速开了个短会，将手头的工作安排妥后，驱车赶往拉萨。

汽车在崇山峻岭中穿行，他让司机开快点，再快点。四天四夜的行程，他三天三夜就赶到了。经过紧急抢救，王庆芝已脱离生命危险，但却一直昏迷不醒。孔玲趴在病床前，失声痛哭。孔繁森看着病床上的妻子，她脸色憔悴，眉宇间锁着一丝哀怨。他一下控制不住了，扑倒在床前，紧紧握住她的手，声泪俱下地说："庆芝，我回来了。对不起！"

此刻，从王庆芝和孔玲来到拉萨时算起，已过去了一个月零四天，孔繁森才回到她们身边。

妻子刚出院，孔繁森又病倒了。这段时间，他操劳过度，患了严重的环状痔疮，不得不到医院治疗。出院后，他对已经康复的妻子说："我抽出一点儿时间，带你和孔玲去看看布达拉宫。"

王庆芝嗔怪道:"真难得!我们娘儿俩两次来拉萨了,终于等到你这句话。"

孔繁森歉疚地说:"我欠你们的太多了,今生今世都补偿不了。"

一个月后,王庆芝和孔玲要离开拉萨了,孔繁森亲自去机场送她们。一路上,他不停地嘱咐孔玲:"好好学习,报效国家。"

到了机场,孔繁森又面露难色,不好意思地对王庆芝说:"我身上的钱不够了,无法给你们买机票。"

孔玲惊讶地说:"爸爸,您可是地委书记啊!身上连这点钱都没有?"

孔繁森说:"我资助了几个孤儿,最近手头紧……"

王庆芝说:"早知道你的钱不够花,我从朋友那里借了钱买机票。"

飞机起飞了,孔繁森久久地仰望着蓝天。

遗物

  一九九四年十一月二十八日夜，孔繁森忙完工作，给妻子打了个电话，问了问家里的情况。他告诉妻子，这段时间他很忙，在新疆考察。这是他和家人最后一次通电话。

  十一月二十九日上午，天阴沉沉的，空中飘起了雪花。孔繁森按照计划，乘车前往新疆塔城市考察。汽车飞速地行驶在空旷的戈壁滩上，满目苍凉。他坐在副驾驶位置，身体微微前倾，不时抬头看一眼车窗外，洁白的雪花，黑色的砾石，枯黄的骆驼草，构成一个空旷而寂静的世界。他又习惯性地往后一靠，紧了紧衣领，眉头皱起，开始思考问题。突然，车身猛地一震，一个车轮飞了出去，汽车翻了，一连打了四个滚儿，翻出六十多米远……

孔繁森被甩到路边，九根肋骨折断，其中一根直刺心脏。他不幸殉职。

"出师未捷身先死，长使英雄泪满襟。"

孔繁森先后两次援藏，整整十年，他怀着对藏族群众深深的爱，把一腔热血洒在雪域高原。

孔繁森殉职的噩耗传来，凡是认识孔繁森的人，哪怕没见过面，听过他事迹的人，机关干部、部队官兵、宗教人士、牧民、学生、老师……无不悲痛，深深悼念。

也有很多人不敢相信这是真的，认为是谣言，孔书记这么好的一个人，怎么会说走就走了呢？

第二天，中国共产党阿里地区委员会等单位，向社会各界发布讣告。讣告称孔繁森同志于一九九四年十一月二十九日十二时，在新疆塔城市不幸殉职，享年五十岁。

几十个牧民听到消息后，从偏远的牧区不顾一切地奔向孔繁森工作的地方，他们急切地问："这是真的吗？这是真的吗？我们不相信。""孔书记决不会离开我们，他不会丢下我们不管的。"

那里的领导哽咽着说:"这是真的,孔书记走了。"

顿时,牧民们哭喊起来:"孔书记,我们再也看不见您了!"

"孔书记,我们想您啊!"

人们在整理孔繁森的遗物时都惊呆了——他没留下一件值钱的东西。几张照片,一个袖珍收音机,几块小石子,两本日记,一封未写完的信,四套旧衣服,两双旧皮鞋,还有八元六角钱。

孔繁森的骨灰,一半安放在拉萨市烈士陵园,另一半安放在山东聊城市革命烈士陵园。另外,在阿里的狮泉河烈士陵园,为孔繁森修建了衣冠冢。人们从他生前的衣物中,挑选了一件他喜欢的衣服,连同一件崭新的军大衣,放进墓中。

在山东聊城市革命烈士陵园,数千名干部群众,以及来自五里墩的父老乡亲,为孔繁森举行了隆重的骨灰安放仪式。当孔杰抱着父亲的骨灰前往灵堂时,大家喊着孔书记的名字,哭声一片。

在阿里地区的狮泉河镇举行的悼念孔繁森的活动中,孔繁森当年收养的藏族孤儿曲印和贡桑,一个抱着他的骨灰,一个抱着他的遗像,缓缓地走向礼堂。短短的时间内,前来参加孔繁森遗像告别仪式的各界人士达三千余人,来自十多个民族。还有不断从四面八方赶来的人……一条条洁白的哈达挂在孔繁森遗像前,一副副挽联寄托人们的无尽哀思。

"高风亮节,光明磊落如日月行空。抚孤恤贫,爱民胜子似甘霖济世。"

"一尘不染,两袖清风,视名利安危淡似狮泉河水。二离桑梓,独恋雪域,置民族事业重如冈底斯山。"

噶尔县小学的全体师生,走过遥远的山路,自发地前来悼念孔繁森。孩子们一见他的遗像,全部扑上去放声大哭,拉都拉不起来。天地为之动容,呼啸的寒风与低沉的哀乐,组成一曲动人的挽歌。

很多牧民边哭边说:"我吃过孔书记送的药。"

"孔书记多次来看我。"

"孔书记给我拍过照片。"

"孔书记救过我的孩子。"

"我身上还穿着孔书记送的衣服，怕我挨冻，这是他从自己身上脱下来的呀！"

"我花过他送来的钱，他自己却舍不得花一分钱。"

"他怎么会一下子就没了呢？心疼死我了！"

……

悼念活动结束后，连续几天，自发祭拜的人络绎不绝。

《阿里报》刊登了大量的纪念孔繁森的文章，其中有这样一首诗：

您走了，

干部们说：

书记您不能走，

阿里人民离不开您，

奔小康需要您带路，

搞建设需要您出主意。

您走了，

农牧民们说：

书记您不能走，是您给我们带来了党的光辉，是您给我们鼓足了奔小康的勇气。

您走了，

部队官兵都说：

书记您不能走，

军营里同样需要您，

部队建设离不开您这样的好书记。

您走了，

统战爱国人士们说：

书记，您不能走，

肝胆相照，

我们结下友谊，

荣辱与共，

您却匆匆离去！

您走了，

同事们这样说：

书记您走得这样急，

留下两个孤儿谁养育？

门土区的孤寡老人还在盼着您。

一朵朵白花，象征着您仍在人们的心里。

一个个花圈，为您在人们心中树起丰碑。

一块块黑纱，凝聚着人们对您的敬意。

一副副挽联，记载着人们对您的赞许。

您永远活在阿里人民的心里！